AF289759

© 2023 Mikael Nehrer
Förlag: BoD – Books on Demand, Stockholm, Sverige
Tryck: BoD – Books on Demand, Norderstedt, Tyskland
ISBN: 978-91-8027-677-1

FABRICS 5

FEARS !

0

Hon gick längs vägen, med en påse i handen. Däri låg hennes skor, de blå hon fick av sin mamma för trettio år sedan. Att livet skulle föra med sig allt det så oväntade behöver hon inte höra igen. Däremot undrade hon varför det nu tar sådana proportioner. Med trasiga byxor, skavda knän och två dagars gammalt smink vandrade hon fram. Det är eftermiddag. Vad kommer att hända? Hon lyckades dra sig undan i sista stund, innan den andra kvinnan fått tag om hennes långa vackra hår, mitt i tumultet. Såklart blir hon rädd. Alla minnen för med sig alltmer, och svårigheterna att förstå vad hon hade gjort emot honom. Hennes mamma hade nog uttryckt något vettigt, som lugnade ner honom. Hans svartsjuka gjorde ont, exploderade fullkomligt när han skrek till henne att försvinna. Den andra kvinnan från något annat tråkigt tillfälle i en sunkig bar levde om frivolöst, oanständigt. Hon verkade inte riktigt klok, svårt märkt av allting. Det kunde hon väl förmedla något trevligare än med sina groteska utbrott. Saknaden efter mamma just vid det tillfället kändes av fortfarande. Den var värst, saknaden.

Vem kvinnan från baren egentligen är har inte kommit fram. Hon är troligen fast i något eget och tog väl chansen att fly till en lagom lättledd man, med svårkontrollerade känslor.

Varför? Ingen vet. I gränderna mellan höga husväggar slipper alla se henne där hon går. Undrande, smått förvirrad även om hon vet vad som nyss hade hänt, tom, uttömd, trött och besviken. Besvikelsen är en trist förklaring, resultat av det habegär alla kan ha lite av, mer eller mindre. Saknaden blir ett mjukare ömt kvitto på kärleken. Det är den sanna kraft som bär vidare i livet. Ömheten och omsorger hemifrån har givit hennes trygga tillvaro en god start. Hon vill minnas den sköna fåtöljen hemma hos mormor, i stugan på landet. Där kunde hon börja.

Hon längtar hem.

Verkligheten överträffar nog fantasin!

Var kommer annars idéerna ifrån?

1

I fortsättningen lyssnar hon mer på sig själv och vad hon vill. Han var allt annat än manipulativ när han gormade och tog tag i hennes ansikte. Antalet fläskläppar hade hon slutat räkna. Varför? Ingen vet.

- Han är så rädd, rädd för sin egen skugga.

- Mhmm...

- Att du har klarat sig så bra måste bero på någonting, av kärlek mer än vilja. Blir du inte rädd?

- Mhmm....

- Vem är hon?

- Vet inte.... Avtrubbad.

- Är du? Det är inte så konstigt, som läget är.

- Inte jag.... Hon!

- Det är märkligt att du klarar dig så bra!

- Mhmm...

- Eller så är det bara så, att du vill mer.

- Vi vet ingenting om vad som ska hända i alla fall. Jag saknar mamma så mycket och då får jag energi att leva mer än bara överleva.

- För vems skull?

- Min...

- Såklart, vad bra!

- Kommer du att bilda familj, tror du?

- Vilken fråga, just nu. Du ser väl hur jag mår?

- Jaa...det gör jag nog, hoppas jag. Ledsen att fråga så.

- Jag är nertryckt nu, känner inget av den längtan som var så självklar för några år sedan. Hans nya kvinna har totalt raserat allt, på kort tid ändrat hela hans sätt. Jag tror att de tar droger, nästan säker på det för allt har blivit så ryckigt.

- Du vet väl om att det finns rådgivning?

- Och hur skulle det hjälpa mig nu?

- Du får bostad, stödsamtal och kanske personskydd.

- Det behövs inte. Det räcker att jag slipper de där två i närheten av mitt hem för resten av livet.

- Det förstår jag, nu när du säger det så klart.

- Mhmm...

- Vad ska jag säga? Kan jag göra något?

- Ingenting! Gör ingenting! Tack för allt du försöker bry dig om.

- Rättvisan får ha sin gång.

- Vilken rättvisa?

- Du måste väl få upprättelse någon gång?

- För vad? Hans ständiga utbrott är galna, aggressiva på riktigt. Han har inte bara en skruv lös. Drogerna fördummar än mer. Det är förbannat. Hon verkar helt vrickad, dessutom.

- Är hon inte bara instabil?

- Sluta!

- Men snälla Cecilia. Låt mig vara vän.

- Du är vän som låter mig vara i fred tills jag ber dig om

något mer.

Att mannen och kvinnan skulle följa efter hade ingen av de två vännerna räknat med. Ett förföljelsesyndrom kan verka i varje situation. Den som inte förmår hantera sina hjärnspöken blir farlig för sig själv och andra därigenom. Kvinnan hade inte tagit till sig någon terapi, eftersom allting är andras fel. Hon ser världen på sitt vis, att hon blir felaktigt bortprioriterad. Att hon nu härbärgerar i taskigt sällskap är också andras fel. Hon njuter däremot av att se hur den korkade mannen tror på hennes elaka lögner. Alla små gliringar om hans manlighet uppfattar han som komplimanger. Det är ett lätt byte. Men, parasiterandet skapar inget intressant för henne heller, för den delen. Hon ska jaga ut

varenda skitstövel och alla andra lägre stående individer som är
så löjligt mjuka och kärlekstörstande. De fattar inget, anser hon
simpelt. Hon förstår inte heller sina egna flyktbehov, att rädslor
driver henne att bli annorlunda. Så var den inte, livets egentliga
mening från början när hon utsattes. De andra äger problemet.

*- Det är som att hon traskar runt i en dypöl med sina
trasiga skor, och vill dra ner alla andra i den.*

- Det låter nästan som vår svenska byråkrati.

*- Den som inte kommer närmare verkligheten med sina
pappersprodukter. Vissa kontroller är nog tacksamma, fastän
de missar så många i sina grovmaskiga nät.*

*- Är det också så att hennes ordfattiga halva meningar
kan få en att tro att hon behöver nya batterier?*

*- Hurså? Hon bär säkert mörka hemligheter, som hon tar
ut på oss andra. Var försiktig! Det kan gå snett.*

- Det ser inte bättre ut!

- Det här har Gubben gjort, inte hon som var så långsam och tafatt i sina rörelser av allt hon säkert rökt på den gången.

- Det är kanske tur att hon hade dämpat sig.

- Förhoppningsvis håller det i sig tills hon glömmer mig.

- Det hoppas jag verkligen, väntar och ser. Ska vi äta något? Vi kan gå hem till mig.

Det fungerar ofta att kalla på en vän, någon som går vid ens sida just i det tuffa läget. Nu räcker det inte riktigt till, med de två hämndlystna hack-i-häl. Ännu var det en bit kvar.

- Vänta här så kutar jag in på snabbköpet och handlar lite.

- Okej,

De övriga flanörerna hade inte mycket att bidra med när två drogpåverkat uppretade individer rusar fram till Cecilia där hon står med påsen i handen. Det äldre paret som betraktar hur allt kan utveckla sig tar armkrok och söker skydd invid porten i hörnet mittemot. Ögonen på kvinnan är glasartade, omgivna av mörka ringar i några osminkade veck. Med tom blick stirrande i någon oklar riktning höjer hon sin vänstra hand där hon håller i en kökskniv. Mannen bredvid iklädd shorts och T-shirt knyter båda sina nävar där han lufsar fram. Brusiga av någon lättköpt drog famlar de fram mot Cecilia som står med ryggen vänd mot de vilsefarna. Hennes knän viker sig långsamt när stöten av ett vasst föremål träffar hennes högra axel.

- Aaahh...

- Du ska ha stryk tills du inte kan stå längre, förbannade uppkäftiga fega kärring. Tro inte att du kan fly undan hur länge som helst!

- Sluta! Aaahh!!

- Dream on....

Väninnan ser från kassan. En expedit tar upp telefonen och kort senare ansluter en väktare i bråket, avvärjer något de två attackerande marodörerna. Skärande föremål kan straffa sig att försöka hålla undan. Väktaren reagerar, tar steget åt sidan.

Kvinnan med kniven får tändvätska, viftar omkring sig och lyckas gripa tag om väktarens underarm, rispar upp hans skjortärm innan slaget av batongen träffar hennes bakhuvud så direkt att hon segnar ner. Den mindre medvetne pugilisten yrar runt. Han får snart sällskap av två stycken uniformerade med polisemblem prydligt synliga enligt regelverket.

- Hur är det, lever du?

- Aaah...

Med blodsmak i munnen ligger Cecilia på gågatans rutor av lättbetong, invid en parkbänk. Påsen håller hon krampaktigt tryckt emot bröstet. Övrig rörelse har stannat upp. Snart sitter hennes förre sambo, numer ex-man, tjugotalet meter bort med ett säkert handfängsel av RPS godkänd standard.

- Mamma...

- Det här går inte. Vi måste vänta på ambulansen. Förlåt mig. Jag visste inte riktigt. Ligg kvar. Här, ta min jacka under huvudet.

- ..aaj!

Ambulansen rullar varsamt in bredvid snabbköpet, ser efter hur vaken Cecilia är, lägger ett provisoriskt tryckförband på det blödande såret vid högra axeln innan de försiktigt lyfter upp henne på den bäddade båren.

- Får jag följa med? Jag är hennes vän.

- Har du legitimation?

- Kom med!

Väl inne på akutmottagningen får hon eget rum, ett s k traumarum. Med grimma på näsan, syremätare på fingret, nål och dropp förbereds hon för både det ena och det andra. Linnéa som följde med sitter stilla på en stol bredvid, iklädd munskydd och förkläde. Det är restriktioner nu för tiden, i sjukhusets alla aktiviteter. En samhällssyn som inte på något sätt kunnat ändra våra primitiva beteenden. Rädslor blir snarast övertydliga med alla de påhittade tvångsåtgärder som den senaste pandemin för med sig. Vi håller på att tappa greppet fullständigt. Rädslorna i oss gör oss blinda för möjligheterna att leva med vår natur, som står över oss. Vi har mycket att lära. Panik, krig och frustration skapar ännu fler problem när vi försöker slå ifrån oss. Ingen vet hur länge vi ska hållas med detta virus, pandemin. Under tiden verkar alla ha glömt bort hur det är att leva sina vanliga liv.

- Hon är stabil. Vet du om några anhöriga.

- Hon har en moster i Spanien.

- Jaså, vi tänkte att du kunde vara hennes syster.

- Inte riktigt, men vi har känt varann i flera år.

- Hon nämnde dig. Därför. är du här inne hos henne. Vi sätter annars in extravak om situationen är instabil. Hon ska till röntgen strax, en lung-check. Punkterad lunga är så vanligt vid sådana här tillslag. Det ordnar sig.

- Jaha. Muskler och axel och annat då?

- Det följer vårdcentralen upp.

- Gör de? Hur då?

- Vi skriver remiss.

Akutläkaren lämnar rummet. Linnéa blickar mot dörren, sedan mot sin blåslagna väninna på britsen.

- Remiss. Det innebär flera månaders väntetid när ingen

gör sig besväret att ringa upp. Under tiden pågår livet med eller utan rädslor, med eller utan smärtor. Det är otroligt!

- Linnéa, har du påsen?

- Nej. Den är på sängen, under dig, eftersom du inte ville ge ifrån dig något i ambulansen, inte ens blod till akutproverna.

- Skönt...!

- Du har en oemotståndlig drivkraft att hålla ut Cicci!

- Cicci... Det var länge sedan.

- Ja, minns du?

- Vi hade inte känt varann mer än ett par timmar. Minns du vår knasige arbetsgivare, stötte på oss alla oavsett ålder.

- Jaa... hahaa.. aaaj!

- Oj, förlåt. Det är nog bäst du vilar lite till, eller hur!?

- Taack, Linnéa, hörs imorgon.

- Säger du det så.

- Heej.

2

Inne i häktet har två omhändertagna, en vinglig man och en arg bitter kvinna fått besök av varsin jurist. Uppenbart finns där mer att locka fram i deras respektive berättelser. Hans bara knän var fyllda av skrapsår, och hans sargade knogar plåstrade i något blått. Hon var rufsig i håret, stirrade med tom blick rakt fram, utan att svara på några frågor. Hon vänder sig mot dörren in till häktescellen där hon sitter för stunden. Det blir nästan så slött att hon alldeles ihopsjunken trillar ner i betongen, nästan.

- Hur är det fatt?

- Vad bryr du dig? Och, vem är du?

- Jag heter Anna och är ditt ombud och skall hjälpa dig med ditt försvar.

- De' ska'ru? Ha!

- Jag förstår. Du är inte i kondition att svara än.

- Stick!

Vakten som kommer in sätter sig lugnt ner på en grågrön träpall med tre ben invid celldörren som är stängd. Det kanske inte var så vanligt, kutym, när han balanserade upp läget något.

- Det har blivit ganska kort emellan gångerna nu, Flisan. Berätta för Anna så kan du få bättre chanser att klara dig något mer behagligt den här gången.

- Äh, John, försök inte va bussig!

- Flisan, är det så du kallas, ska jag säga det också när vi ses?

- Vad bryr du dig - om mer än din feta lön?

- Det får vi se.

Och med de orden lyckades juristen effektivt stänga all sorts kommunikation. *"Det får vi se..."*. Så hade Flisan växt upp med den totala osäkerheten, tvivlet och otryggheten. Hennes farbror hade förgripit sig på de sätt ingen kan föreställa sig, så tidigt också. Hennes docksöta ansikte gav honom precis dessa underliga vibrationer som är nog patologiska, ordentligt sjuka tankar med ett barn. Barnet som växer upp utan att fasa när de fina föräldrarna finns där, men när ångesten, oron att förlora en eller båda av dem gör henne till kontaktsökande blir det tyvärr den inkörsport till dekadens och utnyttjande som inga barn kan ta till sig. Det går inte att begripa hur någon vuxen ens vill, men de fattas något. Vi kan förstå vreden hos oss övriga som ser det oskyldiga barnet förpassas till en grå skugga av sitt rätta jag, en bortsorterad liten maskot som bara följer med.

- En liten tår är ett gott tecken Flisan. Tack för idag. Jag hör av mig igen. Tack John! Tack för hjälpen. Ni har mitt kort och mina kontaktuppgifter.

- Stick!

I förhörsrummet intill är tongångarna annorlunda.

- Hur länge har ni varit tillsammans?

- Några veckor.

- Vad har ni pysslat med under den tiden?

- Jobbat.

- Var?

- På nybygget.

- Båda två?

- Eh.. Ja..

- Är det så hon sade att du skulle säga.

- Näej.

- Bra. Vi ringer nybyggets platschef och tar referenser, så får ni säkert alibi. Är det okej?

- Eh.. Ja..

- Det verkar orimligt, att ni båda verkligen arbetat där. Är du byggarbetare?

- Ja, det är jag.

- Du ser ut för det. Är din partner också anställd i den branschen lär det visa sig.

- Kanske det.

- Vet du inte? Du sa nyss att ni arbetar tillsammans.

- Ja, där ja.

- Det verkar lösryckt. Du bör tänka till, nu!

- Om vadå?

- Du slår ifrån dig. Det ger ingenting. Visserligen kan du knappast fällas för händelsen där på gågatan, men kan mycket väl bli föremål för annan utredning på grund av din oförmåga att beskriva bättre.

Lika starka försvar som uppstår ur våra innersta rädslor får en leta efter. En jurist eller advokat utan insikterna, om hur tjocka pansarskal människan bygger upp omkring sitt innersta, kan ha svårt att rädda sin klient. Då blir det ett skådespel och offret får stå försvarslöst kvar, döms till ett elände utan egentlig hjälp med smärtorna som orsakar alla våldsamma utbrott. På så vis låter vi ondska orsaka ännu mer ondska.

- När du åtminstone erkänner vad du kan ha gjort får du ett betydligt smidigare omhändertagande, och får möjlighet att kunna återgå till ett vanligt jobb. Ljuger du får du mer problem.

- Hurdå?

- Vad har du gjort mot Cecilia?

- Ingenting. Vi har bara grälat lite.

- Tror du på det där själv? Allt det andra kan bedömas som mordförsök. Åklagaren kan föreslå det.

- Va, mot henne... Är hon död, Cecilia?

- Nej. Vi talar om mannen i grannlägenheten. Minns du någonting av händelserna?

- Eh,...

De ansluter i korridoren, resonerar om möjligheterna att klara ut försvaret i en till synes hopplös situation. Mordförsök! Mannen i grannlägenheten hade försökt skydda en kvinna som verkade bli illa åtgången. Det kunde han ha valt att avstå. Som pensionerad polis såg han sin plikt i att förhindra grova överfall. Såren i hans bakhuvud, på hals och armar hade slutat blöda när räddningstjänsten väl kommit fram. Rökutvecklingen från hans ugn visade sig livräddande denna gång. Ingen hade tänkt på det av de för övrigt påtända individerna som var så fyllda av hat och ursinne. Mannen och kvinnan riktade allt sitt raseri mot honom emedan hans rotfruktsgratäng gräddades i sin bräddfyllda form. Med några droppar matfett på bakplåtspapper kunde det ta fyr efter ett par timmar.. Brandvarnaren fick fatt i röken till slut. I ögonblicket senare rökfylldes lägenheten. De rökfyllda lungorna lurar blodkropparna att binda giftig kolmonoxid istället för vårt livgivande syre. Det bidrog snart till nära kvävning. Som tur var fanns uppmärksamhet och omtanke hos ett par närboende som kunde larma 112. Den illa åtgångne grannen svävar för tillfället mellan liv och död. Det lär bli tiden som avgör hur han klarar sig. Juristerna analyserar händelseförloppet.

- Koldioxid släcker bränder. Kolmonoxid kväver.

- Åklagaren kan väl inte hävda att de planerat att döda honom.

- Skärskadorna ser illa ut. De är för många. Fem långa djupa sår på halsen är mer än nödvärn, mer än tillfällig attack, mer än förvirring. Psykos kan inte rädda henne från åtal.

- Tror du? Hon verkar inte så beräknande.

- Vänta tills du hört min klient. Farliga skärsår på halsen och i huvudet plus en massa långa snitt på armarna. Det liknar mordförsök, som grannen avvärjt med sina grova händer men inte lyckats freda sig riktigt ifrån.

- Då blir partnern frikänd?

- Om han fattar vad han bör säga, och om han kan vara bara lite ärlig. Han är så insnärjd i hennes garn att vartenda ord gör honom mindre bemedlad i rätten.

- Jag förstår. Får hatet förklara något - att hon var utom sina sinnen? Kan hennes uppväxt användas till försvar?

- Det beror på hur processen artar sig. Åklagaren lär väl ha samma inställning som vi eftersträvar, att se vad som hände utan att försöka bråka om straff. Skuldfrågan avgör. Handlingen är bevittnad och lätt att bevisa. Allmänt åtal gäller här.

Utan att veta något om grannens tillstånd har Cecilia fått beskedet att ena lungan är punkterad.

- Cecilia. Din högra lunga är sammanfallen. Därför kan du känna hugg när du andas. Du behöver inget dränage nu när skadan är så begränsad. Det är bra. Du får träna hos oss i säng

några dygn. Axel och muskler följer med på köpet med hjälp av sjukgymnasten. Din vän får besöka dagtid, om inget annat inträffar.

- Tack doktorn. Det finns visst omtanke i sjukvården, eller hur Cecilia?

- Jodå. Än försöker vi göra gott. Är det okej Cecilia?

En svagt ansträngande huvudnickning ger svar nog, när Linnéa reser sig för att gå. Hon klappar om Cecilias panna, ger henne en kram.

- Kram Linnéa....

- Vi ses imorgon. Säg till om du behöver något mer.

- Du blir kvar på akutavdelningen, Cecilia. Besökstiden är från klockan 10.

Att mannen frisläpptes ur arrest med den bedömningen

att han inte utgjorde någon fara ensam kunde stämma överens med önsketänkandet. Att han därefter genast behagade besöka sjukhusets akutavdelning, oannonserad, vittnar om hans sämre omdöme. Sjuksköterskan i akutintaget anade inget av det begär han burit på. Än mindre visste hon om de manipulativa dragen som Flisan lyckats överföra på honom. Hämnd var kommandot. Flisan ville utkräva hämnd på allt, och alla som inte var bra nog enligt henne. De slitsamma kroppsliga erfarenheterna försöker hon bli kvitt genom att plåga varenda en som hon anser ska ha sin del av bestraffningarna. Hur hon blivit förnedrad, tilltygad och inte kunnat avvärja sig gjorde henne stum viss tid. Vård? Nej, hon hade fått diagnosen selektiv mutism, tillfällig tystnad, av någon duktig rackare på BUP. Barn- och ungdomspsykiatrin vill ofta väl, men når inte alltid fram. Bakom tjocka skal finner rädslorna ingen väg ut. Hon är fast i sitt eget fängelse. Vem ser?

- Vem bryr sig?

- Flisan, ge Anna chansen. Hon kan vara bra för dig.

- Dröm vidare, John! Pys!

En undersköterska på akutmottagningen observerar en lätt påstruken man, med taffligt omlagda händer som sticker ut ur ärmarna på en solkig collegejacka. Den är uppknäppt. Hans blick söker i korridoren, från läget på stolen i väntrummet som han hänvisades till. Han lutar framåt, med en aning överhäng.

- Ska jag lägga om dina sår?

- Ja, gör det, om du kan.

- Är det svårt för dig?

- Det räcker med plåster.

- Vi ser efter. Ge mig din hand.

- Det där låter du bli.

- Inget pjåsk. Det är bara lite bandage.

- Det räcker med plåster!

- Som du vill...här, varsågod! Du får lösa det själv.

Korridoren färgas av det matta gula sken som ofta finns inom sjukhusens väggar. Mannen med nyplåstrade knogar ser ut att söka efter något.

- Tack för besöket. Utgången är i den riktningen, där du kom in.

- Var är muggen?

- Ute vid entrén. Är det något mer du undrar över?

Med två trötta ögon betraktar han undersköterskan som nu börjar fundera varför han inte beger sig iväg direkt. De flesta vill ut igen, från sjukhusmiljön. Något stämmer inte riktigt med honom, uppfattar hon. Droger! Det är droger som påverkar. Det finns skäl att föreslå tester.

- Gå till sjuksköterskan därborta. Meddela henne att du

behöver en mugg. Hon visar dig vidare.

- Jaså?

- Där!

Utan att resonera om det nödvändiga får han en mugg av en sjuksköterska, som nyss bytt några ord med akutläkaren. All information är väsentlig i kartläggning av droger, men det finns vissa regler att förhålla sig till, som att alla slumpmässiga prov ska testas i samförstånd. Dessutom hade polisen tagit de tester de behövde tidigare under dagen, utom urinprovet. De topsade enbart. En undersköterska följer med. Han säkerställer att test blir rätt utfört just då.

- Det är rutin. Har du prostatabesvär?

- Vadå, vad är det här?

- Ge oss några droppar i muggen här, så får du klara ut

resten själv sedan.

- Vad?

Polispatrullen som följt med på avstånd hade lyckats ge information till akutpersonalen. Akutläkare ordinerade det test som blev utfört. Vid misstanke om brott kan det finnas grunder för ordningsmakten och sjukvården att samverka på det sättet. Mannen blir inte gladare av det, börjar känna sig lurad. Han är förbannad och höjer rösten. Vet han om Cecilia, hans f d sambo är där? De träffades för några år sedan då hans liv var bättre på många sätt, inte bara tack vare henne. Det har han städat bort effektivt genom sitt klumpiga beteende. I relationen fanns bara rädsla, känslan av att inte duga. Nu ska han ta igen det. Det har Flisan sagt, att han måste bli tuffare. Hon har rivit tag i honom, ger inga alternativ. Hon styr hans tankar med järnhand. Då hon inte kan styra undan sina egna demoner tar hon ut det på andra och blir ännu mer inlåst i sitt. Där börjar attackerna, anfallen för att slippa trassla in sig ytterligare.

- Hon blir helt antisocial genom sitt beteende. Det finns mer under ytan. Rimligen är hon emotionellt instabil, det som förr kallades för borderline, gränspersonlighet. Hon delar in allt i gott eller ont, mest ont förstås. Därför blir hon så där fientlig och avog emot allt och alla.

- Hon kanske går att nå via HUT.

- Vad är det?

- Hästunderstödd terapi? Hästarna kan ha sin lugnande effekt på en del personer med låsta känslor.

- Hon är som en krutdurk, en bomb, exploderar vid varje konfrontation. Det är ingen lätt uppgift ens för hästar.

- Så vad föreslår du?

- Vi hör med gurun. Du känner till honom, allas vår Olle som vet hur sådana ska tas .

- Mors lilla Olle?

- Kul, jättekul... Mors betyder död på latin!

- Jag vet!

Dyster i arresten väntar en ung kvinna som kallas Flisan. Hon väntar på häktesförhandling. Hon är bedrövad över total inkompetens runt omkring henne. Det tar bara en massa tid, så bortkastad tid. Tidsspillan verkar finnas för de hagalna jurister som debiterar den tiden, och deras syften är uppenbart att höja sina arvoden. Det blir en dyrare nota för staten, resonerar hon. Det är fördömt. Hon var redan dömd, innan. Men, hon lever ut och tänker leva med sina självklara mål. Hon tänker förverkliga sin revansch. Målet är hennes farbror som gått under jorden, är på något ställe där han leker med livets innehåll och tid, tänker hon. Han är en tjuv, en snuskig typ! De andra är så rädda, vågar inte inse. Idag försöker de glömma, men lurar bara sina håglösa egon. De låtsas själva. Hon ingår därför inga allianser, någonsin.

- Har du någon klar strategi att locka fram människan i

henne? Om du ska försvara behöver du vinna hennes respekt.

- Går det att åstadkomma utan att berätta vad hon gjort?

- Det ger henne bättre chans att ta sig ut ur labyrinten.

- Hon vet redan vad hon gjort. Hon avvisar allt och alla.

- Skapa ett gemensamt intresse, vet jag.

- Vet du? Vad vet du om sånt??

- Det bör finnas någonting hon gillar.

- Förslag, tack!

- Det är du som har mappen... förundersökningen.

- Och vad finns där tror du, hennes intresse för husdjur och diverse pyssel? Skärp dig!

- Så lättkränkt.

- Verkligen!?

- Så svårt är det väl inte? Bli inte stött av det där lilla.

- Nu får du ge dig. Jag arbetar seriöst.

3

Den som tycker sig se försvar hos andra är troligen mest fast i sina egna projicerade problem. Människan har i alla tider sökt fel hos andra för att själv slippa undan. Inom juridiken blir situationen formellt annorlunda, tack vare distansering ifrån de känslor som tar plats. Visst kan en eller annan jurist ha kvar de känslosträngar vi alla bär på. Men, rädslorna tar över då och då alldeles för lätt. Sanning är svår att uppnå, så länge straffen blir hårda.

> *- Tror du hon kommer att ta livet av sig?*
>
> *- Vet inte, kanske.*
>
> *- Det vore tragiskt, och rimligen värt att förhindra.*
>
> *- Vad tänker du göra åt det? Fråga Olle!*
>
> *- Bara tanken är fruktansvärd, horribel.*

- Att fråga Olle?

- Nu är Du dum, på riktigt! Nej, tanken på att hon skulle ta sitt liv är horribel. Det är fruktansvärt att tänka sig. Hon har varit med om för mycket i sin uppväxt.

- Vad vet du?

- Jag har hennes journal. Det finns lite information, inte så mycket men fullt tillräckligt. Hon är hårt drabbad och slår då ifrån sig på allt och alla. Tragedier är vad hon bär med sig.

- Du kan alltså vara hennes räddning, trots allt. Blir det jobbigt Anna? Då kan jag ta över.

- Nej. Jag ser ljuset i tunneln.

- Ja, en hel änglaorkester, eller är det mer som ett tåg?

- Du har inget hjärta. Skämta inte om allting! Hur har du det själv med din klient, mannen utan knogjärn?

- Äh, det är lugnt. Han får väl villkorligt, också böter för passiv medhjälp till något han inte begriper.

- Misshandel?

- Det lär falla på henne som du nu skyddar.

- Passa dig, du chauvinist!

- Betyder?

- Mansgris på svenska!

- Vi två bör vara någorlunda samstämmiga i saken.

- Du är lika feg som alla män. Försök inte snacka dig fri från läget, Jönsson! Han är minst lika mycket orsak till bråket.

- Mårten heter jag gärna, kollegor emellan.

- Okejdå: Mesige smygsexistiske Mårten.

- Vänta nu. Hur kunde det här bli sådan könspolemik? Är du redan påverkad av den tilltalade?

- Du är rädd Jönsson!

- Mårten!

- Be snällt isf.

- Mårten ! OM jag får be? Alla dina förkortningar...

- Isf - i så fall!

- Du får leda försvaren. Min klient skall frias, för det här. Han är manipulerad och under drogrus.

- Prestige!

- Tänk nu Anna. Det är vår plikt att ta fram alla de tvivel och omständigheter som kan finnas. Domstolen lär väl reda ut sin uppgift till slut, och det med eller utan "me-too" får vi väl ändå hoppas.

- Vad är du rädd för? Att kvinnans list skall övergå ditt förstånd, igen?

- Jag är lycklig med min familj, vilket du nog känner till. Din fästman lär fortfarande släppa dig utanför dörren utan hans tafatta sällskap eller skriftliga medgivande, förmodar jag?

- Du glider ifrån ämnet, Mr J.!

- Den är bra, Mr J. I like. Tack Anna! Det går nog bra det här i alla fall. Du för befälet, bestämmer vi nu.

*- Knäppis! Du är bara rädd att missa målet, förlora igen.
Humor kan vara hyggligt försvar, även dina sjuka antydningar,
som alltid måste handla om att göra ner min man som jag valde
framför dig. Jag är glad över det valet, och honom, särskilt idag!*

- Kvinnans lissst övergår hennes eget förstånd, visssst!

- Äh, lägg av! Kaffe!

*- Ja. Har vi någon rapport från sjukhuset angående deras
granne? Den blir tuff att bemöta.*

Intensivvårdsavdelningen har tagit hand om den sargade
man som äntligen slutat hosta. Rökskadorna har lämnat sotiga
spår kring munnen, levrade stänk efter blodiga upphostningar.
Han är nersövd. Andningen rosslar, varierar, med ömsom ytliga
ömsom djupa andetag beroende på att någon gav honom för hög
koncentration syrgas, lurade hjärnan att ventilera mindre. Hans
cirkulation återhämtar sig sakta. Han är i ett skört tillstånd, där
han svävar mellan två ytterligheter.. Det var säkert mordförsök.

- Varför skulle någon vilja ge sig på honom?

- Han stod i vägen vid fel tillfälle.

- Hur vet vi att det bara var hennes attacker, och inte sällskapet hon var med – din klient – som anföll?

- Det är endast skärande skador, utan trubbigt våld. I bitmärket på hans handled är hennes tandavtryck. Mannens fingeravtryck på dörrhandtaget kan inte bevisa något, när de varit grannar. Kniven bär hennes DNA, och grannens.

- Det ser mörkt ut för henne.

- Hon framstår mer och mer bestialisk i sina gärningar.

- Det är olyckligt.

- Vet du mer om det andra offret: Cecilia?

Akutvårdsavdelningen har hög omsättning på de britsar för observation som för dagen uppgår till tio. Cecilia ligger still, blåslagen. Hon tränar sin andning lugnt i ryggläge, och försöker återhämta sig ett litet tag innan nästa tumult. Hon samlar kraft.

Varje rörelse känner hon av. Det var mannens avsikt att hon ska känna varenda detalj. Att det var svartsjuka bakom gjorde inget för hon hade rent samvete. Det hade hon lärt sig, att vad hon än säger kommer han att rikta raseriets utbrott med ambitioner att skada henne lagom. Hon skulle vara frisk nog att känna smärta eftersom han inte kunde hantera sin egen. Hon skulle känna all smärta lite lagom, som för att skrämma henne. Han förstod inte att när hon lärde sig skyla över rädslan i hans närhet kunde hon få honom mindre våldsbenägen. Hans vrede avtog en hel del då.

- Om hon tar upp mer så blir det sannolikt ett mål till.

- Vill hon det, tror du?

- Det är inte säkert.

- Grannen kan ha uppmärksammat mer än de vet om. Vi får se upp med betydelsen av det.

- Klarar han sig?

- Annars rubriceras det som mord, eller möjligen dråp.

- Det är grovt överfall, hur som helst!

- Desperation och maktlöshet kan ta sig sådana uttryck.
Han tappar fattningen och blir helt galen.

- Det ser ut som att han avreagerar sig på någon annan.
Men, vem?

- Är det inte bara drogerna, då?

Vårdcentralens psykiatrikonsult hade inte riktigt insyn i hur en kollega med vissa befogenheter skrivit ut fler lugnande preparat än nödvändigt till denne patient. En byggarbetare som var trött sökte stöd. Han hade nyss träffat en ny kvinna i en bar. Hans relation höll på att spricka när han misslyckades, gång på gång. Han kunde inte leva upp till förväntningar från sin sambo som ville bilda familj. Kvinnan i baren tog över. Hon styrde allt och tvingade honom att söka sjukvård med argumentet att han är i obalans. En svag man behöver verkligen tuffa till sig, ansåg hon. Om det är för att ge henne skydd är inte förklarat. Istället föraktar hon. Hon hatar honom. Innerst inne sitter hon fast och kan inte finna vägen ut. Därför hatar hon de flesta som försöker komma närmare, tills något annat visar sig. Byggarbetaren blev ett enkelt offer för hennes utspel. Hon vet givetvis inget om att hon också blivit till någon annan än livet från början ämnar för oss alla. Vad känner hon? Ingen vet. Hon försöker inte ens, vill knappast känna.

- Vi blir alla del av ett sammanhang. Det ska mycket till att behålla sin tilltro och lita på omvärlden när du blir så tråkigt hanterad redan som barn. Rena övergrepp.

- Men, vad bär han med sig?

- Vet inte. Fråga Olle.

- Suck! Du har väl rätt. Då får vi bättre svar. Det ger mer än våra spekulationer.

- Det är publicerat artiklar, filmer, böcker och massor av studier, rapporter om barn som far illa. Men hans story är oklar.

- Vart tog han vägen nu?

- Han är väl på väg hem.

- Hur var grannsämjan, innan de konfronterades där?

- Som för de flesta. Inget anmärkningsvärt eller omöjligt.

- Omöjligt?

- Ja, du vet hur vissa grannar bestämmer sig för att inte vilja medverka till någonting som skapar närhet. De blir buttra och negativa.

- Alla dessa invektiver.

- Nu försöker du imponera igen - invektiver??

- Fula ord. Alla fula ord som i grunden saknar substans och som folk slänger ur sig när de har ont i själen, tänker jag.

- Vi går till Olle!

- Ska vi ta med oss en flaska portvin, som han gillar?

- Kanske, om det inte redan är övervätskat...

- Äh, var inte så pessimistisk. Han vet garanterat läget!

I ett kontor några kvarter bort sitter en gentleman som fyllt 74 år. Han är lagom rufsig i håret, håller en monokel i en av sina stora nävar. Med okammade ögonbryn ser han upp från sin länsfåtölj där dagens papperstidning, som han alltid börjar läsa bakifrån, har mittuppslaget utbrett på soffbordet framför. Hans böjda rygg vittnar om mångårig reumatisk inflammation, som visst kallas för Bechterew. Den ryske Wladimir Bechterew var i grunden psykiater och nervspecialist, neurolog. Hans grundliga efterforskningar på alla ryggens funktioner med nervledningar i ryggmärgen, kroppens bredbandsfibrer, lär ha fått honom att se mer av helheten. Så upptäcktes på det viset morbus Bechterew, som inflammerar alla småleder i ryggen. De löder ihop och blir alldeles stela.

- *Latinets morbus betyder sjukdom, förkortas mb.*

- *Aha. Hur går dagarna annars, Olle?*

- *Litteraturen ger mig inspiration. Denne Bechterew har*

givit bättre kunskaper inom behaviourism, beteendevetenskap

och har bidragit med mer matnyttigt till livs.

- Aha, apropå intag: Här är en gåva från oss.

- Tack ni båda, mina favoritadepter tror jag bestämt.

- Liksom alla som ger dig fermenterad dryck?

- Nåå, så cynisk är nog inte änglavärlden. Deras vingar skyddar dig och din familj, bäste Mårten. Du kunde lyssna lite mer på din kollega Anna. Det är ett hett tips!

- Det du Mårten. Ska jag börja, då?

I en halvtimmes redogörelse får Olle klart för sig hur de kan klara ut situationen på bästa sätt. Att hans egna rädslor för vatten bottnar i en händelse vet de inget om. Han döljer väl sin rädsla. Den har lärt honom mycket för livet. Ur sin dödsångest försöker han läsa på om allt vad gäller liv, hälsa och vetenskap. Det vore förfärligt om hans liv bara skulle ta slut. Därmed ger han alla som frågar ordentligt med information för att klara av fortsättningen, dämpa destruktiva beteenden som han nu tolkar som flykt. Allt våld, alla övergrepp är anfallen ur någons försök till flykt. Alla droger använder vi med ambitionen att dämpa all tristess och ångest. Det begriper vi. Njutningen består i att med så få goda medel som möjligt känna sig trygg i livet.

- Mmm, vilken arom. Känner ni? Det här blir min likör i fortsättningen.

- Räcker den till imorgon, tror du?

- Goda ting håller längre, mycket längre.

- Tack för kloka ord! Hur ska vi säga, att vi också har fått insupa tillräckligt för idag, och lite längre?

- Ja, varför inte? Då tänker ni kanske litet längre. Ännu ett tankesnäpp, och mer godhet kan upptäckas. Det förenklar er uppgift och ger en klarare bild av läget.

- Okej Olle. Vi ska tänka över det. Hej på ett tag.

De båda juristerna promenerar tillsammans en bit bort, så pass att prästsonen Olle Tygelström faktiskt hinner betrakta framtidens medmänsklighet och deras strävan för rättighet. De där två, Anna och Mårten, berör honom.

- De är så olika, och tur det! Hoppas de löser uppgiften, som nog kan bli precis så som jag minns mitt sardoniska straff – splittring. De får ingen enkel uppgift, eller hur Watson! Portvin, nog för att dränka en timmes intressanta reflektioner...

Med blicken fäst på en punkt vid bokhyllan närmar sig Olle porträttet av sina föräldrar, i sakta mak. Ett skrivbord med mässingbeslag i engelsk stil bär upp bilder framför all litteratur, från Jung till Kafka, från Bibeln till King, från Key till Carlsson, liksom Ariosto till Obrecht. Variationer är oräkneliga i alla hans över 3000 verk insmuget i hyllor överallt i en fyrarumslägenhet på Majorna i centrala Göteborg. Liseberg lyser upp. Paddan kör runt, skeppar turister, samt ortsbor som föredrar nyare kunskap med inspiration av annat men utbildar sig mer i sin hemmiljö. Det finns liv omkring honom, en salig blandning av gott liv. Så kuperar han det värsta inom sig. Hans rädslor berör rent vatten, bara vatten. Därför håller han sig gärna på land, långt upp från vassruggar och bryggor. Han åker inte ens över en bro frivilligt.

- Vi tar cykeln Watson. Du får sitta i korgen. Jag tror vi bör besöka händelsernas centrum, du och jag. Till scenen!

En huskatt, modell brittiskt korthår, kan ge intrycket att vara lik sin fodervärd på många sätt. Olle tycker om sin katt, så mycket att han betraktar Watson som sin sambo. Han hade växt upp med vanliga bondkatter i närmiljön hemmavid på Hisingen och tar därför allt som oftast med sig sin kompanjon i syftet att känna in goda minnen från barndomsåren. För att förstå förlopp i sina adepters berättelser tar han sig till brottsplatser. Watson ger inspiration, förutom att han med kattens skarpa sinnen kan markera doftspår lite bättre. Det har blivit några år tillsammans för dem, Watson och Olle för ordningens skull. Hur han lyckats domptera en katt, en så självständig en, förblir ett mysterium.

- Här, Watson. Se.

- Vad gär du? Har du elcykel?

Pojken på cykel tittar storögt lite undrande på den äldre mannens huksittande ställning invid parkbänken. Gågatan har något litet blodspår som Watson nosar betänkligt på.

- Det var sparsamt. Tack Watson.

- Är det din katt? Vi har en hund som heter Weston.

- Hej unge man. Kan det vara en Westie, en rasterrier av

Med så få markeringar kan man konstatera att det är en förtvivlad människa, troligen, som gjort ett desperat utfall. Det verkar inte finnas något enda tecken på ytterligare tumult eller bråk. Katter undviker negativa miljöer, då de är lättstressade. I deras intuition, som vi människor också har men tycks använda för litet av, har de förmåga att känna in stämningar. Morrhåren är mer än differentierade känselspröt - som vädrande antenner.

Olle drar sina slutsatser, skänker en tanke till offren, och undrar samtidigt vad den medföljande mannen bär inom sig.

4

Han är rädd. Det var en ruskig upptäckt, känslan av att bli övergiven så tidigt. Sedan följer det honom genom livet. Av någon anledning hade Cecilia väckt upp det värsta monstret, en oro som saknar motstycke. Ingenting har kunnat lugna honom, sedan dess. Sömnlösheten försämrades av alla sömnmedel. Oro och ångest växte ohyggligt. Droger avlöste varandra, skänkte en viss tankeflykt, skingrade dimslöjorna tyckte han, ett tag. Varje timme är outhärdlig. Misstänksamheten väcker ett annat odjur. Han är arg. Vad är orsaken att just han måste plågas så? Robert är skicklig byggare, omtyckt för sina kvalitetsarbeten, möjligen tack vare hans oro att lämna något ogjort. Det förföljer honom än idag, att arbeta utan att lämna minsta spår efter sig. Till sist kunde han inte hejda sig, började attackera den som var honom närmast - nära. Hans älskade Cecilia var samtidigt hans fiende.

Hon är för nära. Då började han inse att han själv är sin fiende. Han är rädd för sig själv. Det går inte att komma ifrån, sitt själv. Hur mycket han än försöker blir det kvar, hånskrattar. Likheten med en annan i samhället, en som ihärdigt arbetar med att lösa knutar åt andra och som har sin uttalade skräck för vatten p g a ett dränkningstillbud när han var bara fem år. Robert är en god simmare, till skillnad från en annan man som döljer sin rädsla i alkohol och håller sig flytande i kunskap, vetenskapliga artiklar samt intresset för livet även utan sprit. Att nästan drunkna får konsekvenser, så många att det kräver bearbetning. Att en viss oskyldig lek skulle gå ut på att dränka en femåring är ren terror som hämtad ur vuxenvärldens alla märkliga uttryck. Det sätter spår. Robert, däremot, är fast i sitt, undanröjer alla spår. Men, han lärde sig simma redan tidigt och han kan verkligen hantera verktyg. Nästintill pedant var han tills kvinnan i baren dök upp. Då släppte han allt utan att riktigt veta varför. Rädslan är kvar.

- Ska vi gå igenom vad som hände?

- Vadå? Det är inget särskilt.

- Din granne är allvarligt skadad. Hur trivdes ni där?

- Persson är mest tyst. Han tittar bara runt och går in till sig. Vi träffas inte så ofta.

- Hur väl känner han Cecilia?

- Det får du väl fråga henne. Hur menar du nu?

- Vi lämnar det. Berätta vad som hände med Persson.

- Han och Cecilia bråkade, käftade om något, så hörde vi ett skrik och sedan smet hon nerför trapporna och drog ut.

- Gjorde hon? Och vilka är vi?

- Jaa, vi grannar.

- Jaha du. Kvinnan som stack Cecilia i ryggen, vem är hon?

- Äh, nå'n pundare som jag försökte stoppa.

- Känner du till henne sedan förut?

- Näej, kanske att jag har sett henne stryka omkring en vecka eller två vid puben.

- Vilken pub?

- Pubarna vid Järntorget.

- Så du besöker flera pubar, vid Järntorget?

- Hurså, är det viktigt?

- Observera att jag är här som ditt ombud till ditt försvar om det kan pleasa dig. Allt för din uppskattning.

I ögonblicket inser han, Robert, sina ogenomtänkta svar, men för sent. Det har redan sagts. Hur han ska rädda sitt skinn, hur han ska slippa från straff återstår att se. Försvinner han blir det efterlysningar och massor med krångel. Frågan är hur grovt det betraktas. Är han het för spaning gäller det att spela korten rätt försiktigt. Det blir inte så lätt med hans rädslor. Han förstår inte sig själv, känner inte sig själv, rätt som det är. Det oroar. Av alla hans värsta idéer finns en tanke som ständigt plågar honom så. Han flyr i vredesmod, blir rasande, uppväckt ur sin slummer så dramatiskt att inga tillhyggen slår bättre än hans knytnävar. Cecilia var hans ventil, tills hon inte orkade höra hans jämmer längre. Hon fick stryk. Han förstod inte då. Nu är han bitter av misslyckande, men inte självmordsbenägen. Han kan simma, är bra på att trampa vatten, och uthållig så där så att han uthärdar allt elände utan att försöka se framåt med enkla ambitioner. Att återskapa en god tillvaro drömmer han sällan om. Hans tankar i vardagen är dunkla, ändå fyllda av självförebråelser. Han duger inte alls, tror han. Det gillar han inte att ens börja bearbeta. De plågor han bär kommer av självtvivel när allt blir i ordning. Han upplever sig ha missat något när allt är i ordning. Otryggheten i att inte kunna ställa tillrätta skapar ännu mer frustration. Hans ärrade händer utstår mycket. Han bestraffar sig själv genom att drabba andra. Han forcerar sig att se andra lida. Han går in för att ge andra smärtsamma minnen. Totalt ondskefulla tankar tar form och då blir han lättmanipulerad, så lätt att påverka för den som söker sitt. Flisan tog tillfället, som tjuven. Hon tjuvar hans taskiga självinsikter, så han blir lika virrig som en nackad tupp eller höna. En och annan Lidnersk knäpp, då och då, kan väcka hans kreativa handlag. Yrkesskicklig, uppskattad byggarbetare som ofta är lojal och dessutom städar efter sig passar bra hos de välbeställda kunderna som restaurerar, renoverar och bygger ut sina små annex på någrra hundra kvm. Själv bor han i en tvåa, ett kyffe i en trappuppgång mittemot en pensionerad polis som vill vara ifred. Det stör honom, att grannen Persson inte pratar alls. Det blir tomrum i skallen. Känslor? Det är bara rädsla som fyller ut allt tomrum. Han vet inte varför. När han gråter blir de tuffa nävarna till tårar som faller emot nästan var eller varannan dag. Nästan, älska sin nästa? Det finns något, som han inte fann innan hon gick. Han förstår ännu mindre nu.

- Robert. Har du varit osams med Persson någon gång?

- Inte direkt.

- Det är ovidkommande om det är direkt eller indirekt. Har ni någon oenighet, eller har ni haft någon dispyt?

- Nej.

Luttrade konstaplar kan sannolikt utnyttja erfarenheter från sin yttre tjänst även grannar emellan. Då blir det naturligt att vara fåordig om man anar ugglor i mossen. Det vet inte den som bor bredvid. Det kräver inget större tankearbete, emotion eller utredning för att känna in vibrationer i miljöer. Varje man eller kvinna som är någorlunda lyhörd för sina sinnen kan lära sig att förstå innebörden av dem. För Robert del går emotioner på tomgång, ger inga goda intryck på grund av tvivlet som hans bristande inkännandeförmåga orsakar. Rädslan gör honom flack i känslolivet. Räddningen har varit arbetet, hans ordningssinne som kan åstadkomma intellektuell bekräftelse när jobbet är väl utfört, såklart. Nu kastas han mellan drogrus, antydningar från en spillra till medmänniska – Flisan - och var han har fotfäste. Robert är en god simmare, uthållig i att trampa vatten men han har inget fotfäste. Han törs inte sätta ner sin fot själv. Det ligger något visst i att han börjar inse vem han verkligen är. Finns det några risker att ta reda på mera om sin person, egentligen? Vad vill han sedan?

- Robert, har du någon aning om vad du vill med livet?

- Det borde du ge förslag på, om du skall försvara mig.

- Förhandlingar om din eventuella delaktighet i brotten bistår jag som ombud. Vem du är - vad du vill är andra aspekter som kan hjälpa oss i försvaret. I alla fall verkar vi samspelta när du berättar för mig vem du är. Då ger vi ett ärligare intryck.

- Vad menar du?

- Hur mår du?

- Det har inget med det här att göra.

- Om du visar lite mjukare drag så kan det underlätta för din påföljd. Du får något mildare straff.

- Straff, för vadå? Det var hon som stack.

- Ofredande, grov misshandel och hemfridsbrott inne hos er granne som knappast överlever. Då kan det kallas dråp.

- Hurdå? De där skrek som vettvillingar.

- Persson?

- Äh, han bufflar till det bara, försöker spela hjälte. Inget jag bryr mig om.

- Det var dumt och onödigt att du tryckte till honom så han föll i stengolvet i köket.

- Han glodde bara i hallen. Det är vanlig parkett också.

- Ja, det stämmer visst. Han låg i hallen. Så då var du in.

- Nej, jag hörde bara skriken och kutade ut i trapphuset

och nerför trappan efter den där crazy tjejen. Hon verkade helt

galen.

- Men Robert. Hon är inte stark nog att fälla en gammal

slagbjörn, med många års erfarenhet från yttre tjänst.

Flisans idé att rentvå sin vän kunde fungera. Om hennes taktik överlistar utredarna i förundersökningen nu lär det skapa rimlig tvivel om vem som verkligen orsakat mest skada inne hos grannen. Hennes dramatiska utagerande vid snabbköpet får stå för sig självt. Där döms hon, garanterat, men hon rycker på sina späda axlar åt det. Hennes liv är förstört. Emotionellt instabil i mänskliga kontakter blev hon tidigt när ingen kunde fatta eller ville komma till undsättning. I hennes inre är det kaos, ett litet blygt och hämmat barn som skriker. De där snoriga kusinerna som bara larvade på med sina ipads och prylar, smarttelefoner och löjliga bilder på snap-chat. Vad skulle hon berätta?

- HJÄÄÄÄLP!

- Flisan, se mig. Vi är här och tittar till dig hela tiden.

- Lämna mig, nu John!

- Okej, jag går om en liten stund. Tills dess sitter jag här och väntar på att du andas lite lugnare. Sätt dig på stolen. Det är ingen fråga Flisan. Du vet att vi arbetar för att du skall vara trygg här.

- Pft... (djup suck)

Ihopsjunken på en trästol stirrar Flisan rakt framför sig, utan att blinka. Hon blir apatisk. John sitter lutad mot väggen bredvid dörren i samma en av häktets alla 325 celler. Instängd, avskärmad i betongen är hon, lika fastlåst som utanför. Tystnad ger ifrån sig läten. Hennes känslor talar om för henne exakt vad som pågår. Hon vänder blicken mot John, som ser tillbaka utan att döma. Det känner hon, trots allt. Där finns någon trygghet.

5

Tilliten är utanför, långt bortom hennes vanliga liv. Livet gjorde sig snabbt till något annat än barnets lekfulla charm ville ge. Hon kunde inte protestera. Allt som oftast kom hennes släkt på besök. Mamma fattade till slut vad om försiggick, när pappa inte såg hur hans bror försökte förföra sin svägerska. Snusk! De bodde kvar p g a skulderna i huset och mamma försökte arbeta ihop till räntor och amorteringar. Hon kunde med sin ordinära lön fixa det mesta, mysmiddagar och ge presenter. Och, faktiskt lyckades hon också ta en lunch på stan en gång i månaden med sin bästa kompis. Ingen vet vad de pratade om. Pappa ville inte inse att hans bror är vrickad, sjuk. Det är helt sjukt att ens vilja ge ett barn något mer än bara vanlig värme och omsorg. Det går inte när det gör så ont. Ändå skulle han försöka, en mesig idiot. Allt ont och djävlarna får sin innebörd förklarad! Pedofili är den sjukdom som ingen vågar erkänna förrän det blivit för sent. Det är tragiskt vad han själv kan ha varit med om. Tystnaden lärde hon sig snabbt. Den talar, skriker och ekar. Pappa borde ha sett det. Mamma kände, sådär som mammor kan göra, när något är fel. Men, hon reagerade inte, ville inte anklaga. Det är typiskt! Pappa var rädd för sanningen. Mamma var rädd för sanningen. Farbror är bara sjuk. Flisan är rädd för att leva, rädd för att dö och skadar andra för att slippa känna efter. Det där hemska tar över. Hon dödar sig själv, långsamt. Hon får känna genom andra som får smärta. Det är inte bara hon. Hon känner, genom deras smärtor, ett litet tag. Att hon sökte sig till en byggarbetare som uppenbart är rädd för sig själv, som är så rädd att bli refuserad och övergiven, ger henne bekräftelsen på att hon existerar. Han är lika fumlig i närmanden som när han pratar. Intellektuellt är han inget utbyte. I sin person utstrålar han osäkerhet och behov att bli bekräftad. Så han går att styra till att göra vad som helst.

- Vad ska hon med honom till?

- Övernattningar enbart, tror jag.

- Det förklarar hans troliga inviter, fast han påstår annat.

- Hon har visst hängt i baren vid Järntorget, en del.

- Det stämmer enligt hans story.

- Är han helt medberoende?

- Vet inte. Hon kanske trixar honom, häxar till det.

- Nu fick du till det igen. Kvinnor kallas alltid opålitliga häxor eller blir skökor som lever i dekadens utan chans när du kommer igång.

- Så känslig...

- Knappast, konstaterar bara enkelt och krasst. Jag hör vad du säger.

- ...typ.

- Okej. Jag inleder försvaret, som vi sa.

- Fint.

I akutvårdsavdelningens salar vilar några patienter som alla har mött olika tillbud. Cecilia ligger i enskild sal, något öm fortfarande. Hon andas försiktigt återhållet. Den högra lungans översta del ventilerar inte. Det vassa tillhygget hade punkterat lungspetsen där den satte in mellan kotpelare och skulderblad, utan att förstöra något annat i hennes kropp. I fallet skrapade hon sin panna. Hakan var blå sedan innan. Dörren öppnas.

- Va, duu...!?

- Din vän Linnéa ringde, så jag tog en flight direkt hem.

- Påsen. Under britsen.

- Du följer med mig när du piggnat till, om några dagar. Jag blir här och kan sova i din lägenhet.

- Neej. Det går inte. Åk tillbaka.

- Det är ingen fara. Linnéa har berättat en del.

- Ååååh...

- Bli inte rädd, inget mer våld nu Cecilia.

Några månader kunde hon hålla inne med tårarna, som nu hittade fram. De droppade mjukt. Kinderna vattnades friskt med livets sälta, ett resultat av alla prövningar. Hon började att andas bättre, lugnare och kunde nu hantera de små huggen från lungornas expanderande arbete. Hennes lugg hängde slött ner på båda sidor om hennes skrubbade ansikte, som nu var tvättat. Hon luktar naturligt rent igen, oparfymerad. Sjukhustvålar har ingen särskild doft.

- Tacka vet jag Dove, så väldoftande len.

- Dove?

- Här, köpt på pressbyrån. Fast, jag har en känsla av att det finns någon annan som behöver tvålas till bättre.

- Persson... fråga Persson.

- Vem är Persson?

- Han är vår granne.

- Han var granne menar du väl?

- Va... aaaj..

- Ja, nu lär du ha flyttat, tänker jag.

- Han räddade mig från allt.

- Då får jag höra lite med honom. Vi behöver ordna en ny lägenhet.

När moster Patricia går efter några timmars berättande, om än det ena än det andra, tar hon vägen förbi receptionen vid akutentrén. Där står en man med händerna i byxfickorna på ett par bylsiga shorts. Han glor hålögt mot den världsvana Patricia som noterar hans nuna. Det kändes relevant på något sätt. Hon marscherar ut. Robert knäpper upp sin hoodie och stegar fram till receptionsdisken. Han bär sina dagsgamla omplåstringar väl synligt, och frågar efter besökstid till akutvårdsavdelningen.

- Det varierar. Som regel kan vi ta emot mellan kl 10-12 dagtid och 14-19 eftermiddag-kväll. Alla besök anmäls här.

- Ok. Får jag lägga om mina sår igen?

- Det gör vårdcentralen.

- Kan jag låna toiletten?

- Se där, på andra sidan entrén.

- Jag ska till röntgen. Det är skyltat här.

- Det blir smidigare för dig att gå via huvudentrén.

- Jag köper en kopp kaffe och tar ett kex härinne först.

- Den vagnen är för patienter och deras anhöriga eller de medföljande.

- Jag är medföljande, var här igår.

- Tala gärna om vem du var med igår så kanske vi kan hjälpa dig.

- Hon heter Cecilia, kallas Cicci.

- Dröj kvar här.

- Jag följer med.

- Det behövs inte, återkommer strax.

Sjukhusvakten håller sin mugg kaffe när han iakttar den väntande mannen som trampar runt i sin vardagslook. Roberts modemedvetenhet sträcker sig till det enkla, som bylsiga shorts och bakåtkammat hår. Hans ointresse för utseende är märkbart på alla sätt. Han verkar inte ens bry sig om andra människor för den delen heller. Mindre detaljer och finesser ser han knappast, utom när det gäller byggarbeten och reparationer, yrkesskicklig som han är.

- Vi väntar inga besök, så vi får be dig återkomma.

- Vadå väntar besök? Skulle jag inte anmäla det här?

- Det underlättar om det finns en sant namngiven person att besöka.

- Vad menar du, att jag ljuger?

- Vi kontaktar dig när vi kontrollerat dina uppgifter, och ser hur det passar. Var vänlig fyll i dina kontaktuppgifter på den här raden i liggaren, tack.

Sjukhusvakten ställer sig i entrén, utan kaffemugg. Han är tillbakalutad mot väggen bredvid, några meter från samtalet så pass nära att han kan följa vad som sägs. Robert märker inte av något annat än sin vrede över alla dessa onödiga kontroller.

- Jag går på muggen först.

- Det går bra.

- Och vad blänger han på.

- Vakten är med oss hela dygnet. Han hjälper oss om det händer dig något på toiletten.

- Fnys, muddrar typ?

- Nej, finns det skäl till sådant ringer vi polisen.

- Som ni bjuder på kaffe, men jag får inte köpa.

- Kaffet är för anhöriga och personalen har eget.

Vissa diskussioner är meningslösa. Undersköterskan blir snabbt klar över att hon närapå nästlar in sig i en verkningslös dialog. Robert är för tillfället fri från drogruset, men lättretlig i sin abstinens efter låga doser amfetamin. Några få Sobril kunde lugna läget eller orsaka en minneslucka. Vaktens ansiktsuttryck gör receptionisten klar över att avstå ytterligare ordväxlingar då och just där. Ingen av dem tänkte sig att besöks-WC är minibar för intränade överlevare.

- Dina knogar blöder väldigt. Du får nya bandage här.

- Det var ju det jag ville ha från början.

- Stäng gärna toilettdörren, och torka bort vad du nu har på hakan.

Vakten inspekterar toiletten och konstaterar att flaskan med handsprit är tom. Handsprit i glycerol är drickbar samt ett kvickt sätt att bli kvar på akutvårdsavdelningen. Magsköljning blir bara aktuell när det förekommit tablettintag. Här vet ingen vad Robert proppat i sig. Han får efter en stund ett akutrum, är något mer rullig i gång och tal, stinker klorhexidin där han blir sittande nu som patient. Där får han tillfälle att snoka rätt på i alla fall sin för stunden ovetande sambo. Grannen blir svår att komma åt. I panik är risken stor att han utför fler dårskaper än situationen kräver. Fast, det förtränger han. Genom att han gör sig olycklig, ännu mer, på någon annans bekostnad sjunker alla misstankar emot Flisan som regisserade honom en del. Att hon gjort sitt utfall kan lika gärna uppfattas som att hon är desperat och rädd, tvingad av sin nye man som förefaller ha en skruv lös. Syfte? Droger förstås. Hon får behandlingar, och lär bli frisläppt efter en tid. Vem bryr sig om henne mer än så? Robert saknar i medkänsla vad som krävs för att förstå någon annan. Bristerna i emotionell insikt gör honom helt flack. Han struntar verkligen i andra, vad de än säger. Fantasier med lyckliga drömmar har det funnits för lite av. Han är bara tom. Sorgen är borgen. Tårarnas tyngd genom knogarna träffar föremål, som skrubbar rent. Sjuk av instängd sorg, tom, lider han. Han är bara rädd för sig själv, vet inte om han ska leva eller ta någon med sig. Plötsligt reser han sig upp för att avlägsna sig. En sjuksköterska kommer till undsättning. Det har blivit morgon igen.

- Vart är du på väg? Du kan falla.

- Hem, jag ska hem.

- Vänta tills vi kopplar bort droppet. Gå in på ditt rum, dröj kvar. Jag hämtar förband. Vill du ha frukost? Ta kaffe.

Hon går. Han rycker ur droppslangen och trycker dit ett hemgjort bandage av toapapper och snögg i armvecket. Sådant har han i fickan, snögg, byggarbetare som han är. Kvicka steg ut ur korridoren leder till trapphuset. De få dropparna mörkt blod kamoufleras bland andra mindre stänk på det hårda golvet. Han söker efter en viss person. Cecilia sitter halvt upplutad i sängen i väntan på utskrivning. Hon vet inte hur hennes liv ska bli, än.

6

Moster Patricia har vittjat påsen. Hon kände igen de blå skorna som hennes syster älskade så när hon köpte dem till sin enda dotter. Nyckelknippan bär en berlock till ett armband, ett blänkande hjärta i sin hållare. En vacker lyster omger såväl skor som skinnetuiet med det inetsade ordet: *"hem"*. I lägenheten är soffan nersutten, belamrad med halvt använda strumpor, plädar och prydnadskuddar. Stolarna i köket står utdragna. Askkoppar är de enda inredningsdetaljerna på köksbänken. Disk väntar på åtgärd. Kranen är blank. Sovrummets garderober och byrå töms i den grå resväskan Cecilia hann ställa fram innan hon lyckades fly från bråket. Kvällen var lugn. Trapphuset och grannarna var inget besvär. Patricia packar på mindre än femton minuter. Hos Persson verkar det tyst. Hon ringer på dörren, utan att få något svar. Med taxi till hotellet ordnar hon en extra säng till sin kära systerdotter. Nästa morgon återvänder hon till sjukhuset, utan väskan som blir kvar på hotellrummet. Cecilia väntar in henne.

- Godmorgon. Har du sovit?

- Ja, lite bättre. Kommer du? Jag skrivs ut vid elva, efter ronden.

- Vila nu, Cicci, så har vi en spa-kväll senare. Det kan du behöva för att läka. Jag kommer klockan elva.

-Åååh.

I samma stund som samtalet avslutas skymtar Cecilia vid dörrspringan ett alltför bekant ansikte. Hon frossar, flämtande i vredesmod. Röster hörs i korridoren.

- Letar du kaffevagnen?

- Jag ska till röntgen.

- Det är åt andra hållet, runt hörnet bakom dig.

- Jag väntar här, på remissen.

När klockan slagit närmare elva återvänder Patricia. Då stöter de på varandra igen i entrén, hon och Robert som verkar ännu mer hålögd om möjligt. Hon visar ingenting av att faktiskt ha noterat honom. Han framgår så tydligt, märkbar på grund av sitt lunsiga habitus. Hans sätt är allt annat än sofistikerat. Hon däremot är distingerat välvårdad. Med sitt diplomatiska uttryck skapar hon eleganta kontakter med alla, utan att överdriva. Det kallas nobelt och ger ordet ädel sin betydelse. Hon går in till sin skyddsling som nyligen fått godkänt att lämna sjukhuset.

- Väskan...

- Packad, klar att förflytta.

- Träffade du Robert?

- Nej, jag vet inte riktigt vem han är. Er granne öppnade inte heller. Troligen är han inte hemma, Persson.

- Robert är här på akuten.

- Du oroar dig nog för det. Många passerar här.

- Han är här. Jag såg honom för en halvtimme sedan i dörren där.

- Nå! Ännu ett skäl att vi flyttar på oss, du och jag. Han lär inte komma långt i det skicket. Vakten har uppmärksammat honom förstår jag på receptionisten.

- Han är farlig för mig när han blir så rädd.

- Nåja, jag tror vi kan hantera det utan konfrontation. All din egendom, dina saker är i den grå resväskan. Nu handlar det mer om din trygghet.

- Kan vi ta huvudentrén?

- Vi tar akutentrén Cicci, en enklare väg till frihet. Vem vet vilka som stryker runt i trapphus, hissar och kulvertar där vi rör oss. Nyfikna finns det gott om.

Direkt utanför entrén hojtar han till, Robert, när han ser sitt villebråd segla igenom svängdörren med en stilig kvinna för att försvinna ur hans liv för gott. Taxichauffören håller upp dörr på passagerarsidan som brukligt vid sjukvårdsmottagningar. De två damerna sätter sig bekvämt i en svartmålad Mercedes-Benz E 450 4Matic. Mercan rullar mjukt iväg med de tre.

- Cicci!

- Känner du henne?

Vaktens närvarande fråga bryter igenom fasaden hos en förtvivlad Robert vars knytnävar vibrerar av vrede – och sorg. Smärtan inom honom vet ingen väg ut. Han slår rakt framför sig. Besynnerligt är det, men nog känner han att ödet förföljer honom, så som vi alla kan erfara hur livet kan forma sig inom en viss tidsrymd. Han inser att Cicci blivit historia i hans liv.

- Vi tar in på hotellet och äter gott efter kvällens relax.

- Fast, jag undrar om Robert...

- Släpp det nu. Han är inte längre i ditt liv. Du har så

mycket mer att upptäcka.

- Tänk om han hämnas.

- Den tanken har slagit mig. Något Stockholmssyndrom lär du inte uppleva, tänker jag.

- När han blir så rädd vet han inte vad han gör. Han är så fysisk och väldigt stark, samtidigt som han är så sökande liten.

- Släpp det nu. Vi ska ha trevligt istället.

Göteborgs centrum har några alternativ till vettiga hotell med bekvämligheter. Staden är inte alltför stor, så en blodhund modell byggarbetare kan nosa upp sina tilltänkta offer tack vare de obegripliga inre kompasser vi har. Rädslan och livsledan kan göra jakten lustfylld. Robert börjar känna vittringen, rädslorna som tar befäl över hans inre kompass. Det ska till många dofter nu för att styra bort honom från hans livs enda möjliga riktning just då. Hon lever utan honom. Försmådd står han kvar, skakar. Sjukhusvakten betraktar honom, bevakar dörren till akutentrén vilket är hans uppgift. I övrigt är det ordningsmakten, polisens sak att reda ut och hålla fritt fält med trygghet för allmänheten. Händelserna är många i centrum. Alternativen blir oräkneliga, i massor: Hets, sprängningar, illdåd, förvrängningar, utredningar till tveksam nytta. Ett trapphus exploderar, på annan ort. Gäng kriminaliserar varandra, kronvittnen söker skydd, bilar brinner, det läser vi om dagligen. Att en sliten byggarbetare i frustration försöker sortera sina omöjliga oförstånd är bara ett exemplar av mänsklighetens alla uttryck. Människor förgör varandra till svår tillvaro för de som vill leva i hälsa utan att behöva ducka under kulregn och kaskader av glåpord. Mobbingen börjar därhemma. Men, det läser vi inte om, allt det dolda våldet. Regeringen gör en analys, tillsätter en utredning utan att göra något direkt. Allt det fryser läget. Situationerna fortsätter. Visst, de anställer fler poliser, som anger varandra för diskriminering, trakasserier och bråkar om chefskap. Robert är fortfarande tömd, deprimerad av sitt känslofattiga liv. Det var inlärt. Han är en god simmare, kan flyta med, och är bra på att trampa vatten. Uthållighet blir till ett straff, så länge han stampar på samma ställe, låst av samma position. Psykningar blir till slut verkningslösa. Robert struntar uppgivet i allt sådant.

- Kan ni beställa en taxi till mig?

- Det går bra att ringa här ute, vid stolpen där borta. Den telefonen går direkt till taxi. Invänta gärna svar.

Väktaren lyckas dölja sin uppenbara motvilja, att hjälpa en gynnare med plåstrade knogar. En sälle med tillhyggen har sannolikt träffat någon mjuk oslagbar individ för hårt. En vänlig gest avdramatiserar lite av vreden, undermedvetet. Det blir ett klassiskt lågaffektivt bemötande. Lågaffektiv – utan för mycket känslor m a o. Det är en teori, enbart en teori. På gatan gäller annat, eftersom affekterna saknar innebörd. En vitmålad Volvo

V90 i design för miljöhänsyn, tankad med HVO100, tillhörande Göteborgs största taxibolag, stannar till vid den alltmer plågade Robert som söker.

> *- ...Clarion hotell.*

> *- Posthotellet, förmodar jag.*

Eftermiddagsbilismen i Göteborgs centrum flödar i alla filer. Spårvagnarna trafikerar som vanligt. Deras ringklockor är tydliga minnen av äldre tider när förarna signalerar. Fotgängare rör sig kors och tvärs över torgplatsen vid centralstationen. När taxin parkerar ser Robert ett par välbekanta damer, åtminstone en av dem. De två kostymprydda i välkomstkommittén håller in avspärrningar. De låter mycket passera så länge ingen är allt för drogpåverkad. Klädsel är förvillande i dagens läge med trender och mode som florerar fritt. Ett par franska besökare finner sig tillrätta i baren, en bit från Robert som precis beställt sin kalla dryck. Det turistande paret läppjar, varsin mogen årgång.

- *Quoi-faire?*

- *Invitons-lui. Convenient, alors.*

- *On ne doit pas être au bar tout seul.*

- *Excuse us, sir. Do you want a drink?*

Roberts ointresse för dessa beresta grodätare kunde inte ha varit mer expressivt. Mållöst vänder sig de långväga gästerna åter till varandra, och konstaterar läget. Européer från varmare klimat än de nordiska är vana att inte krusa på sitt kyligare vis. Kanske kunde det förklara Flisans farbrors flykt till sydfranska klostermiljöer. Dessvärre lär det inte botgöra hans böjelser. Där får det utlopp. Hans bror, Flisans pappa är rädd för sanningen i livet och mamma kunde inte härbärgera sina smärtor. Kvinnan kände att något var fel, förmådde inte ingripa, talträngd. Ingen hjälpte Flisan, som även om hon tyckte om sin farbror först tog hela livet med sig in, slöt sig som en mussla. Nu avreagerar hon sig enbart. Mamma shoppar på allting, shop-a-holic. Det följer med obearbetad ångest, samvetskval och annat dunkelt. Fransk kultur har gömt ett antal avarter. Där avslöjas en hel del nu för tiden. Flisan är ointresserad av sådant. Hon har funnit en figur som ger henne bekräftelse på att livet är ett elände, en pärs att genomlida. Varje dag för med sig något nytt, för de som behagar känna efter. De utsattas drömmar sträcker sig längre bort än så. Flisan förtränger även sina drömmar. Hon är sluten, innesluten.

- Alla är rädda, Flisan. Alla har ångest och fobier men de är inte så alarmerande som för dig. Vi förstår att du kämpar för att komma ur smärta.

- Du snackar för mycket!

- Din partner verkar ha tagit sig förbi förhören och är fri än så länge. Vad säger du om det?

- Glöm partner. Bry dig inte!

- Som ditt ombud har jag ett ansvar och känner en plikt att göra verkligheten så bra som möjligt för dig.

I Hotellbaren med ryggen mot trapporna anar Robert ett par gestalter röra sig, ner mot matsalen nära foajén. Speglarna i baren visar inget utan att han vänder sig om. Där, igenom salen, mellan borden rör de sig diskret, Cicci med sin moster Patricia som håller armen om systerdotterns mjuka liv och leder henne stadigt framåt. Han luktar sig till den enda människa som varit honom nära. Det är ofrånkomligt, att vi har inre drivkrafter som ibland leder oss rätt. Det leder ut på villovägar när de handhas mindre insiktsfullt. Panik, ångest och rädslor blir impulser som styr åt alla möjliga håll. Stundens ingivelse skapar något för den som inte klarar av känslan. Terapier lugnar en del, men når inte alla. Cecilia har inga sådana dolda obearbetade känslor. Hon är rädd så snart Robert går på henne. Hon är rädd för alla hans så bryska attacker. Han blir en krutdurk, oberäknelig för henne.

- Du bär fina grunder inom dig Cicci.

- Det kunde fungera bra utan hans plötsliga utbrott.

– Det förstår jag. Nu ska vi se framåt, och låter tillvaron få komma med sitt bästa möjliga.

- Imorgon ska jag träffa Linnéa. Hon kanske låter mig bo där en tid.

- Jag har pratat med henne, och det är inte så lämpligt som jag förstod det. Men, skyddsjouren kan vara ett alternativ.

- Skyddsjouren, det känns som en tillflykt, mer än någon befriande bostad.

- Tänk på, kära Cecilia, att då slipper du bli hushållerska åt andra. Du är alldeles för omhändertagande. Det kan ge sanna mindervärdeskomplex åt vem som helst. Åtminstone i den som har utrymme för känslor och hjärtats värme. Din senaste sambo framstår helt skrupelfri.

- Så utstuderat är det visst inte. Han är bara trött och

tom.

- Du sade det, tom. Det stämmer på hela hans sätt, helt

utan utstrålning. Skönt att du är borta från honom.

- Känslofattig är han, Patricia. Intellekt finns nog en del.

De båda kvinnorrna avslutar middagen, fortsätter sedan

kvällen inne på hotellet, i Skönhetsfabrikens salong.

Han knyter nävarna vid bordet, tömmer glaset och beger

sig ut, Robert. Fylld av frustration går han förbi receptionen, ut

och nerför trapporna. Med någon sorts inlevelse avstår han. De

hade sett honom. Ytterligare våldshandling skulle ställa till det

ordentligt för honom. Flisans manipulation lyckades nästan. De

är trasiga båda två. Robert Svensson har resignerat över Sverige

när alla invandrare får bidrag och bistånd. Vad finns det då kvar

att jobba för när allt rycks undan, alla hans skatter skickas iväg

utomlands samtidigt som vi importerar all terror, kvinnoförakt
och tiggerier som ingen gör något åt? Patricia har förmågan att
med en blick få vem som helst att känna sig lite borttappad. Då
kom han av sig. Ordet frös i hans mun, knapp viskning:

> *- Cecilia...*
>
> *- Tack för ikväll!*

Portieren i entrén ger ett uns av hopp med sin klyschiga
fras. Så slipper hotellet bekymmer med Robert. Soptunnan ute
på torgplatsen får istället en bredsida, intryckt av snickarlabben
som sopas in mot plåten i tunnan.

> *- Sopa...*
>
> *- Tjena mannen, har du cigg?*
>
> *- Va! Jag känner inte dig!*
>
> *- Brorsan, tagga ner. Vi fixar åt dig.*

- Du får punda åt andra.

- Kompis. Du har taskigt med bruden. Vi fixar ny åt dig.

Återgång i minnet, när ett par listiga lycksökare försöker övertyga honom att köpa deras tjänster. Det var så han började få tillgång till drogerna, efter en slitsam arbetsdag och bristerna på erkänsla i kärlek. Jobbet utförde han utmärkt, som alltid. De erbjuder andra tjänster. Tillfället gör tjuven, tjuven tar tillfället. Slarviga plånböcker är deras bästa inkomstkälla. Han får hyfsat betalt. Som indrivare är han en tillgång, frågar inte för mycket. Byggarbetet gillar han. Extraknäcket stimulerar honom. Droger skingrar tankar, släcker tomheten en stund. Han frågade aldrig Flisan hur hon fick tillgång till alla sina droger. Eskorter rör sig på andra sätt. Några taxibilar stannar till, omaka par rör sig in i och till hotellmiljön. Robert börjar bli riktigt trött i skallen.

- Fixa ni henne, så tar jag hand om Kajen.

- Okej brorsan.

- Lägg av. Jag är Robban för dig, killen!

Grannen Persson sökte ingen inspirerande dialog med en man som säljer knark, misshandlar kvinnor eller hotar de flesta. Han lever, Persson. I hans samvete finns otillräckligheten kvar av att inte göra nytta. Ordningssinnet hade han ärvt. Förmågan att utföra rätt varierar. Människor tar sig så många friheter. Det följer inget exakt mönster. Han hade lärt sig att improvisera, väl förberedd på det mesta men inte på en ilsken späd kvinna med en kökskniv i handen. En nedbruten prick med stora nävar vore enklare att hantera om inte de hade anfallit samtidigt. En första ingivelse blir så självklar, att rädda kvinnan som flyr för sitt liv. Mattkanten i hallen låg uppvikt under hans fötter. Flisan hade lyckats sparka till den när hon skriade emot honom och viftade ursinnigt båda händerna samtidigt som hon gormade. Så gjorde hon den gången när farbror täckte över hennes mun, hon avskyr honom för hans bestialiska gärningar. Tioåringen i henne kunde inte freda sig. Hon kämpade emot med alla sina muskler. Långt inne, innerst behåller hon sitt liv. Då gav hon upp, lidande. Hon lider sig igenom livet. Därför sparkade hon upp mattkanten och hoppades att han skulle snubbla på den, där de stod vid hennes säng. Han var barnvakt, för en tioåring. Det är avskyvärt! Ännu ett tillfälle gav henne chans till revansch, att orka bryta igenom den tunga kroppen. Hon vevade båda armarna så pass att rådig granne tvingades retirera in till sig där han stod i trapphuset, så länge att Cecilia hann kuta nerför trapporna med sin plastpåse. Burduse Robert Svensson föraktade tystlåtne Persson som inte ville prata med honom. Roberts självkänsla krympte. Anfall blir bästa försvar. Brandvarnaren hade inte börjat tjuta då. De vilda jägarna stängde sedan in en knockad blödande granne.

- Det är ett möjligt scenario Mårten. Bra jobbat!

- Vi löser inte allting med känslor. Det krävs mera blod,

svett och tankearbete. De har bjudit på blod och svett.

- Och jag gråter inombords för ditt sätt, så distanserande okänslig, Jönsson! Eller så tilltalar vi er hellre: Mr J, för ert ego och ärans skull. Suck! Kom igen Mårten, var lite mindre krass.

- Givetvis kan anklagelserna begränsas till misshandel under drogrus. Konsekvenserna blir behandling för din klient. Min får gå fri med böter, som tafatt åskådare, manipulerad, ett offer.

Deras teori håller någon kvalitet. Nestor Olle Tygelström leder tankarna åt ett annat håll, efter att Watson detekterat viss doft. De nosade upp små detaljer vid parkbänken. Katter gillar örter. En katt som sniffar valerianarot reagerar lätt, piggnar till först för att slappna av efter ett tag. Om kvinnan aktiverades av en drog är det fullt möjligt att hennes dräng hade planterat sina syntetiska örter i hennes morgonte. I efterforskningen kan varje ny idé underlätta lösningar på redan tydliga brott. Orsakerna är väsentliga att förklara, inte bara för att utmäta påföljd och straff i vårt rättssystem. Det krävs en trigger för de flesta handlingar. Droger är förstås det vanliga. Psykisk sjukdom, vanföreställning eller illusioner ger lidandet vidare perspektiv. Neurobiologiskt finns många förklaringar.

- Ni har en god teori. Tänk om det är så, att hon bara har avvärjt sig i stunden, i tron att Persson är hennes förgripande släkting. Var det hennes farbror?

- Mårtens förklaring friar troligen hans klient från alla de grova anklagelserna. Att hon utfört sitt bevittnade anfall vid ett snabbköp kan vi inte ändra, än mindre redigera.

- Vad vinner hon på att förleda honom, självföraktet eller drogerna? Han har sannolikt plockat upp henne i kompensation för ett sprucket förhållande. Hon saknar egen trygghet, föraktar alla och även sig själv. Kvinnor kan hon likna vid elaka monster,

eftersom hennes egen mamma inte backade upp henne när det behövdes som mest. Visar hon förtroende för någon?

- John, häktet blir hennes fasta punkt vad gäller trygghet så kriminalvårdens personal inger respekt, särskilt en John.

- Manipulationer skyddar henne. Hon låtsas manipulera andra, lyckas ibland. Det svåra för henne är att se skillnad mot när hon misslyckas. Tilliten till andra är noll. Hon är ensam.

- Tack tillgivne Olle. Vi beger oss.

De vandrar i höstens vackra färger, med löven på träden. Allén passerar Heden och når förbi Södra vägen där Olle har sin utkikspost. Anna och Mårten reder ut begreppen.

- Vi är fast i grannens tillstånd, hur han skall klara sig.

- Läget är kritiskt enligt sjukhuset. Lite efterforskning har jag fått göra. Min fru arbetar på intensiven, vet du.

- Säg inget om det. Vi håller oss på banan utan allt extra.

- Som du vill. Undrar vad Olle tänker. Att sätta sin tillro till en kissekatt verkar lite gaggigt.

- Du är allt annat än fantasifull, Jönsson, typig, okänslig!

- Mårten! Jag föredrar att leva och fungera idag, år 2022, mer än som i en gammal engelsk teve-deckare från 1800-talet.

- I vilket fall som helst är läget ganska hoppfullt för oss.

- Tja, vi utför våra insatser och ser till att rättvisan får ha sin gång.

- Allt annat än poetiskt, Mårten! Vilken kultur gillar du egentligen, Stefan och Christer?

- Vad, vilka då?? Ronny och Ragge känner jag till, men de hade ju sin period på 90-talet. Tacka vet jag Super Bowl.

- Glöm frågan. Ingen kommentar vore mer klädsamt. Var har du din klient nu, vet du om han fastnar i klistret?

- Under lupp, för sakens skull. Han saknar alternativ. De försöker ringa in honom, från åklagarsidan. Olle tipsade oss ju.

7

På samma vis begrundar han, precis som vanligt, de två kloka huvuden som utan att vända sig om fortsätter längs gatan där han bor. De är trevligt sällskap, stimulerar vansinniga idéer med fascinerande uttryck sinsemellan. Det roar och underhåller hans engagemang. Vansinnigt behöver det inte alltid bli. Alla de resonerande utbyten han får coacha håller igång spänsten.

- De bidrar med rena hjärngympan, Watson! Snart lär vi besöka vår vän på sjukhuset. Stig A. kan ge en del information som de knappast har.

När de var barn fann de märkliga lösningar på det mesta, Stig A Persson och Olle Tygelström. Redan som fyraåringar var de vänner, började så smått hitta stigar när deras föräldrar hade släppt på vissa restriktioner. En av dessa regler som dröjde kvar högre upp i åldrar var att de alltid skulle ha vuxen med sig när de ville leka vid dammen. Ungdom är inte helt synonymt med vuxen, även om det kan se ut så för en femåring. Vintertid hade familjerna samma regler. Skridskois på en damm kan braka. De blev dödspolare, kan man påstå ironiskt, genom livets allvar. En av lekarna med äldre barn gick ut på att dra flotte. Ett manskap avdelades då för att rädda någon i sjönöd. Hemmabygget under Olles fötter var hopsurrat med snören. När de kapades av en så ovetande Stig A var tanken att Olle skulle räddas ur sitt förlista skepp. Då han inte kunde simma försvann leken, och allvar tog vid. Stig A. bestämde sig den dagen att alltid hjälpa när någon behövde det. Varken han eller Olle simmade. Paniken växte när Olles lungor gurglade upp sötvatten, ansiktet fick en blå nyans trots att parkskötarna snabbt utförde hjärt-/lungmassage. HLR verkade fort. Sötvattnet orsakar hemolys, när våra blodkroppar faller sönder vid för mycket övervätskning. På sitt sätt en värre

drunkning att behandla. Iltransport till sjukhuset fungerade år
1953, efter krigsår. Dammen i parken gömdes av ett skogsparti.
Parkskötare arbetade tidig morgon till sen kväll. De visste hur
gärna barn uppehöll sig däromkring. På andra sidan parken står
hyreshusen, barnens hem inom räckhåll. Föräldrarna kände nog
att de var i betryggande närhet, trots allt. Det ändrade sig kort
efter den gången. Sedan återgick allt till det normala igen. Barn
ville till dammen, precis som förut för att titta på grodor, fiskar,
smådjur också lekte de allt möjligt bland träd och buskage. Olle
saknar badintresse, har inte ens ansett sig behöva simma sedan
dess. Watson sympatiserar. Myrkrypningarna smittar av sig.

- Stig A Persson, tack.

*- Vi kan inte länma ut uppgifter, ens till dig Olle. Kom
ner till vår avdelning så ser vi hur vi gör bäst i vår pandemiska
tid.*

- Pandemier av virusar påverkar oss visst mindre än vi

drabbar varandra genom mänskligt lidande.

- Ja, det ser så ut. Kom kl 14.30 idag.

- Strikta rutiner underlättar processerna, och besöket

väcker inga obefogade tvivel, inga misstankar.

Väl nere på sjukhuset känner han av stämningarna. Hans intuition ser igenom väggar, runt hörn och bakom dörrar. Men, framför allt uppfattar han ljudet av andning. Effekt av adrenalin relaterar till dofter i rummet. Minnet från dammen har en unik lukt. Den flyger på rätt som det är, utom vid total koncentration då nyanserna färgar tydligare. Där kan förnimmelser särskiljas i kvalitet och dess utsträckning. Lagom bedövande likör skärper medvetenheten om gränser. Fast mark under fötterna godkänns direkt av hans kropp. Ögonblicken fångar uppmärksamheten av det undermedvetna. Han sluter ögonen, känner in. Näsan pekar ut riktningar. Stressen från den nästan drunknade femåringen i dammen väntar tålmodigt kvar, återupplivar.

- Illa tilltygad är du, bäste kollega!

- Han kan klara sig. Det är strikt konfidentiellt ännu.

- Hmm, frågan är om han vill det.

- Nu får du förklara dig.

- Han bär på en ruskig hemlighet, och har alltid försökt kompensera något som inte kan förändras, vår tidiga historia.

- Det låter hemskt.

- Inget mot vad det är. Ett barn som försöker suicidera av rädsla är inte så lätt att upptäcka. De smyger undan liksom våra husdjur när farorna hotar.

- Vi undrar över grannsämjan dememellan.

- Det återstår att få reda på. Motparten lär inte frappera. Han är inte särskilt kommunikabel, ens med sin mest välvilliga inställning.

- Frappera, låter som matlagningskonst.

- Överraska. Gode Stig har varit försiktig och vaksam

vilket väcker irritation hos somliga.

- Vi gör vårt bästa för att skona alla smärtor. Han skall kunna klara sig. Isoprenalindroppet här är livsviktigt nu. Han har AV-block, ett retledningshinder som är extremt känsligt. Vid påfrestningar kan det slå ut honom helt.

- Och, droppet vevar igång?

- Det kan man säga. Sitt du här en stund. Vi kommer in med lite eftermiddagsfika. Du är ombytt och rentvagad.

- Och bättre upp. rentvådd, väl!?

- Förlåt, hur menar Ni? Ni får sitta med nattvaket, ja.

- Tack det var snällt! Jag väntar in koppen Gevalia, tack!

Olle ler bakom visir och andningsskydd. Ögonen glittrar när han ser in i de mjuka varmt talande ögonen hos kvinnan av persiskt ursprung. Ny yrkesskicklig kompetens tack vare flytten hit för tjugo år sedan. Hon gör nytta, vårdar kompisen som vore han hennes eget barn. Kanske det är vad som behövs i helande.

8

I väntan sitter Flisan, raserad. Hon är inlåst dubbelt upp av halvmetern tjocka betongmurar. Skalet runt henne är stabilt. Det är så starkt att inga skärbrännare, eller svetsande lågor kan ta sig in utan att hon stryker med. Hon har byggt sitt kraftfält i strängar. Energierna hon bär fortsätter bortom betongen. Dessa trådar av högexplosivt råmaterial briserar vid minsta beröring.

- Låt mig vara!

- Det är rutin, Flisan. Låt sjuksköterskan ta proverna så sitter jag bara här. Hon är van.

- John, du vet inte vad du snackar om. Stick då!

- Tack, då var det klart. Tack John, för assistans. Jag går direkt till lab. Provsvaren är klara om fyra timmar.

- Tur för dig!

- Anna kommer tillbaka när proverna är analyserade. De

kan vara goda nyheter, Flisan!

- Pft!

- Psykiatern kommer till dig om en timme. Du får vara själv en stund nu.

- Gå John!

I vanliga fall är häktescellerna inredda i aningen komfort som för att skapa läkande miljö för intagna. De lyhörda prången har mött kritik just på detta flotta bygge i Göteborg. Flisan står mitt i sitt tilltänkta utrymme, stilla. Ljusinsläpp ur fönsternisch blir formlöst mot de ljusa väggarna. Hyllor i trä ovanför britsens blå madrass gapar tomt. Gideoniternas bibel var placerad på ett skrivbord. Möblemanget är väggfast. Hon betraktar en grå ruta på fondväggen vid sovplatsen. Sovplats är en bättre benämning för den fritänkande. Ingen insekt, silverfisk eller fluga att prata med isolerar. Det blir till en inre resa för de livsökande själarna. Utelämnade till sina inre härbärgerar de. Verklighet möter viss

fantasi. Texterna i boken hon lyfte upp väger mer än hon tänkt.
Hon slår upp en sida, på måfå, i brist på andra sysselsättningar.
Ingen ser henne, tänker hon. I Jeremia 48 kap 6 vers läser hon.
En bibel symboliserar något heligt för vissa. Flisan river ut alla
bladen, tuggar på dem, spottar ut i vrede, skriker, stampar och
slår på väggarna. Handfatet sitter fast i väggen, lossnar inte hur
mycket hon än försöker slita bort det i ett enda stycke, ett enda
ryck. Den späda kroppen uppbringar ohygglig styrka. Pallen vid
bordet krossar hon i ett tag mot bordskanten. Nu har hon grepp
om ett vapen, äntligen. Ett av pallens ben är sönderbrutet. Hon
darrar, tystnar totalt i kokande raseri. Hon sjunker ner, blänger
upp mot himlen, men ser bara ett vitt tak. Hon gråter. Oändligt
strömmar alla smärtor ut på golvet runt henne. Kraftlös blir hon
liggande, kort, nästan livlös.

- *...mammmaaa....*

- *Men, flicka, se här.*

Kriminalvårdens rutiner varierar. John avrapporterade. Häktets vakna personal låste upp för läkaren som trots sitt kall inom psykiatrin har en visst grundläggande medicinsk kunskap, jämväl kvar att förvalta. Hans manliga gestalt väckte alla spjärn till att börja med. Men, hans enkla kavaj, doften av vanlig tvål och en vänlig röst kändes annorlunda. Flisan får hjälp att ta sig till britsen. En vakt plockar snabbt ihop träresterna av vad som troligen varit en pall. Om allt har en mening, och räddning når i sista stund återstår mycket för oss att reda ut. En annan vakt är van, dröjer kvar hos Flisan och läkaren. Så låser de dörren igen, inifrån den här gången. Den andre vakten smälter samman med de grå och vita väggarna. Han förblir tyst, knäpptyst. Cellen är nystädad, rationellt kvickt. Antalet självmord i häkten behöver minimeras. Det finns otaliga försök, och några misslyckade blir ännu mer deprimerade. Alla självmordsförsöken kan förhindras men hur begränsar vi detta självplågeri? Psykiatern hos Flisan når fram tack vare sin distans, ärligheten och distinkta samtal.

- Flisan, ska jag kontakta din mamma och pappa? De har en del att förklara för mig.

- ...

- Du har burit hemligheten länge nog, för deras skull.

- Nej!

- De vet, men vågar inte se. Du ser och skyddar dem så som barn gör.

- ...

- Offren klarar sig, dina offer. Du kan klara dig.

- Du...

- Säg, Flisan. Berätta för mig.

- ...

- Vi känner våndorna hos dig. Det finns mycket vi tagit reda på och känner till. Franska polisen har hjälpt oss.

Hon vänder blicken, söker fönstret på väggen mittemot.

Det fönster som inte finns målar hon dit med tankens befriande

penslar. Konstnärer ser bortom gränserna, liksom nära inom sig

på det sätt som passar dem. Gränser är också formgivna bilder.

Gardinerna hänger ojämnt långa. Ett par blomkrukor i fönstret

och en skomakarlampa till vänster lyser upp. Ute är mulet. Grå

regnskurar vandrar över åkermarker, skogar och sjöns utlopp. I

övre högra hörnet har en spindel vävt några varv. Hon drömmer

om när hon var yngre än tio år. Syskonen lekte med kaninerna i

trädgården. Med två yngre bröder och en äldre syster fanns alla

möjliga idéer. De byggde hinderbanor och tränade med hopprep

tillsammans. Favoriten var vit och svart, det minns hon. Senare

kom deras blyga kusiner. De gjorde ingenting, glodde bara. Där

fanns deras pappa, hennes farbror som alltid skulle prata snällt

och stryka henne på kinden. Det var konstigt. De vuxna fattade

noll. Kusinerna var små, flera år yngre. Ingen tänkte på att det skulle vara knasigt att de var så tysta. De var totalt vettskrämda som rädda kaniner. Rädslor för att bli utnyttjade gjorde dem så tysta. Då fredade de sig, på behörigt avstånd. De höll sig borta från otäcka saker. Lika rädda som de blev Flisan efter den där gången, när ingen ville inse hennes smutsiga självkänsla. Visste syrran och brorsorna något så stannade deras upptäckt vid det tystnande sorlet. Vad skulle de göra? Farbror emigrerade. Deras minne bleknade. Flisan har inte träffat sin familj på länge. Svek gör ont. De är rädda för sanningen, så Flisan är ensam. Skamlig familjehemlighet vill ingen veta av. De babblar bara, pratar om allt annat oviktigt. Det pratas alldeles för mycket om strunt. En dag skall någon säga, efter tjugo minuters tystnad:

- Så här är det Flisan. Du har ett namn, ett eget namn, som det är dags att vi börjar använda. När hörde du det senast?

- ...

- Allt som händer kan vi inte fly bort ifrån. Det är alla de

plågor som gör ont vi bör nysta upp. De har redan gjort dig illa.

- Nej!

- Jag förstår, Elisabeth. Ditt namn är fint, Elisabeth!

- ...

- Du heter Elisabeth.

- Och vem är du, då?

- Karl-Petter, se min namnbricka här. Jag är psykiater, Karl-Petter Jonsgården.

- ...Och!?

- Ditt ombud, Anna, har bett om hjälp, för dig. Vem gör dig mest arg?

- .. visste du inte redan kan du gå, nu! KPJ Pillomatiker.

- Pillomatiker, vad fyndigt! KP kallas jag på riktigt av ett par goda vänner. Du kan kalla mig KP, eller KPJ, om du vill.

- Klarar de sig?

- Ja det ser ut så. Vad hände med kaninerna? Berätta!

Nog visade pillomatikern KP erforderlig sympati för att väcka ett uns balans ur den spruckna kokongen framför honom. De inledande tjugo minuternas tystnad övergick snart i en rätt så hygglig dialog om hur barn och djur mår bra i det fria, när de får vara spontant positiva till livets artrikedom. I nära en timme och en kvart utvecklades inneslutna ord till ett bärande vingpar i dess sprödaste form. Genomskinliga segel sätter livet i rörelse, tillräckligt för den gången. Elisabeth, Flisan, är redo för mer av det goda. Lättnaden bestod inte i att en viss farbror är bevakad internationellt genom det rigorösa arbetet emot pedofilnätverk med säten i kyrkor och myndigheter. Snarare fann Elisabeth ett gott samtalsklimat när hon kände av sina vingars spänst och att hon faktiskt får känna vidare. Hon har återfunnit flygförmågan i stunden när allt verkade hopplöst. Lyckan anar hon, ser längre, bortom gränserna. De har hon själv satt upp, så som alla gör när allt bär emot. Hon börjar leva, litet, om än i skyddad miljö.

9

Någon är rädd för att leva, finner till slut en trovärdig en
och sträcker på sig. En annan är livrädd att dö, dränker alla små
risker i en vrå. Den som inte duger, tvivlar, försöker reparera all
olycka den orsakade då. Men, det har inget värde mer än för de
som vet eller var med. Förlåtelsen är till för att användas, när vi
ångrar på riktigt. De som räds sanningen packar in de oskyldiga
i otympliga skal. Dessa uttryck bygger om individer, sluter dem
i ett osynligt fort, en fästning, en labyrint av virriga tankar som
ingen annan begriper. För den som står fjättrad invid labyrinten
är allt uppenbart, men vägen ut är stängd från båda håll, inifrån
och ut - utifrån och in. Det är smärtsamt att bli övergiven. Enda
vägen att finna sig själv blir ensamheten. Ensamhetens lov skall
inte förringas. Vad menas? De utsatta är redan så ensamma att
ingen kan lösa deras knutar, förrän sanningen slår hål på lögner

och eliminerar allt ont. Ont ljuger om tillvaron. Robert får nytt uppdrag, att driva in en skuld. Där frågar ingen efter ånger, och ingen behöver förlåta anser de som har med saken att göra. Han driver in skulder utan att fråga. På så vis riskerar han aldrig att bli övergiven. Det är passé. Robert, aka Robban, kämpar fräckt i undre världens partnerbyten. Han klarar sig så länge han inte frågar. Han är ett redskap. Han städar efter sig och kan flyta bra på lugna vatten. Robban slår hål på fega lögnare, när han driver in skulder. Han slår hårt, riktar sitt ursinne, överlever i sig själv när han nyper tag om livet på varje annan utvald. Drogerna tar ner ångesten, ett kort tag. Robban kippar efter luft. Han städar. Robban famlar efter liv, sitt liv som kunde varit övergivet långt innan, för länge sedan.

- Kajen är fixad.

- Snyggt. Hur?

- Yrkeshemlighet, enkla verktyg.

- Du vill något mer? Vi har en rik donna på besök. Hon

har något vi vill åt.

- En lyxeskort är inget för mig.

- Den här är det. La Teniente ställer till det för oss. Du

är mannen för jobbet. Ta ner löjtnanten.

Moster Patricia, "La Teniente", verkar internationellt för att stävja brott och drogkartellernas utbredning från Madrid till Haag, från Mexiko till Sverige. Cecilia är förstås lite intresserad av hennes polisiära arbete, vet tacksamt lite. Metamfetamin gör de äldre partydrogerna nästan skrattretande. Kokainet förlorar värde, tappar fart på marknaden. Andra droger får respass i de gigantiska syntetiska produktioner som etablerats. En talgdank tänder upp. Det blixtrar till i Roberts minne.

- "Det är hon från akuten, med Cicci", mumlar han

- Qué!?

- Smart, jättesmart!

- Hon är här i Göteborg. Vi återkommer i detalj.

- Det är inget för mig.

- Vi hörs. Du får jobbet, alternativt sänder vi ut dig.

- Gola ni. Det är inget för mig!

En ilsken björn bör få slumra i sitt ide. Kuriren inser det prekära för sitt skinn. Han har ingen lust att själv dö på grund av att ha förmedlat ett jobb. Det här får bossen sköta. Robert är fast. Syndikatet har full koll på sammanhanget.

- Okej brorsan. Vi hörs senare.

- Det är Robban för dig, pysen!

Skälet till Roberts avvaktan beror på att han inte vet om släktförhållandet med Cecilia, hans livs kärlek. Hon svek hans självkänsla. Hämnden är gruvligt bitter. Han får ont, sätter sig ner på en bänk, sänker sitt slätkammade huvud i ärriga nävar, de djärva verktyg som träffar bättre än många andra tillhyggen. Han har naturligtvis inget intresse att blanda sig in i toppskikt mot internationell polis. Han är förortstorped, missnöjd av att inte få känna sig älskad. Han är övergiven och tänker flyta med så länge det går. De får passa sig om de försöker lura honom. Ur lögnerna spyr de ut spindelväv som en kan fastna i. Han klipper till dem direkt, förebygger på sitt vis omslingrande trix. Det har visat sig fungera. De har respekt för honom, eftersom han aldrig tolererar bakhåll. Backstabbers får visst jobbigt. Allt som oftast tvingas de uthärda akutbesök, inte bara hos sjukvården.

På ett hotellrum ligger två kvinnor på varsin säng, med sina fötter doftande av lavendeloljor samt hårsvallen blänkande rena i närande balsam. De slappnar av, för de anar inget.

- Intet ont anande, Patricia. Vad gammalmodigt det låter även om det är en klassiker.

- Svenska filmer ur arkivet är småtrevliga, oförargliga.

- Apropå trevligt. Jag kan tänka mig att vi åker söderut imorgon. Flyger du från Landvetter, Arlanda eller Kastrup?

- Det är obestämt. Vi kontaktar en vän till mig imorgon, nära Falkenberg. Där kan du få lugn och ro en tid. Hon har fina relationer till ett par godsägare i området, och ordnar säkert bra bevakning! Kusten är klar, s a s.

- Aha! Har du hört något från pappa?

- Ingen direkt kontakt än, men vi har planerat att träffas inom en snar framtid. Det kan bli så att du är med.

- Han har haft jobbigt, pratar mest om sin sambo. Vi hör av varann bara med julkort och vid födelsedagar. Han har hållit sig undan helt sedan jag flyttade in hos Robert. Det är som att han inte gillade honom från början. Nu förstår jag bättre varför,

- Vill du så beställer vi upp lite mer snacks. Du behöver komma undan ett tag. Det tror jag din pappa uppskattar.

- Robert är nog så olycklig. Min pappa är orolig för mig.

- Nu är vi i hamn här, och han vet om att du är med mig.

- Va, vet han?

- Du tror kanske att vi inte har kontakt, men efter att vår Rebecka gick bort så sörjde vi båda för dig. Du hade det bra hos honom tills din mormor tog hand om ansvaret. Minns du?

- Om! Jag kan till och med känna lukten av olivtvålarna, hennes fräscha hem, det nybonade golvet. Hon hade väl inget annat att göra.

- Det var 80-tal, Cicci. Kvinnor arbetade. Hon arbetade halvtid som kommunsekreterare vid socialkontoret. Där insåg hon värdet av att vårda sitt hem ännu mer, fastän handlaget var där från början. För övrigt var hon närmare 45 år när vi, hennes båda döttrar föddes under ett givande 60-tal. Hon fick chocken på en gång, något överrumplad efter många långa års försök. Så mycket kärlek hon givit, lilla mamma. Hon strävade.

- Jag hälsar på henne ibland, sätter en blomma från oss alla. Pappa har varit där någon gång har jag sett. Graven är så fin och välskött.

- Du har takterna från någon, eller hur!? Här, vill du ha mer bubbel? Hon gillade Sherry. Så, vi kan hedra hennes minne med ett litet smakprov.

- Det är nästan tio år sedan. Hon hängde med bra.

- Dagliga promenader, melodikryss och husmanskost av närodlat utan överdrifter. Fruktsallad var det bästa hon visste, men det svåraste att odla till i vårt klimat. Päronträdets frukter fick sällskap av paranötter och kokos med flytande honung bara på tallrikar. Minns du all frukost hon brukade duka upp?

- Jaaa... - Vi hedrar mormor, och så för mamma!

- Hon gjorde det enkelt, trots importer av bananer, stock och nötter av alla slag. Uppenbarligen gott och bland annat om vi tolkar närmiljön rätt... Här, för Siv och Rebecka!

Vid midnatt surrar taxibilarna tätare kring hotellen när spårvagnstrafiken mattas. Folk är i omlopp i hotellentrén, som blir låst för allmänheten. Robert har hållit sig hemifrån, traskar runt i samma klädsel som de senaste tre dygnen. I en väska har han med sig tandborste, nyhandlade blåkläder och verktyg. Det enklaste tricket i världen. Han blir helt enkelt hissreparatör. Få av hotellets nattpersonal, om ens någon, vet något om vem som larmat hissskötare igen. Det är regelbunden service, 24/7, tycks det. Inga misstankar riktas emot honom i ny uniform. Hantverk kan han. Ingen klår honom på fingrarna där. Att en sliten kropp har synts i baren väcker inte heller några särskilda misstankar. Han flyter in i samhällets naturliga flöden; göteborgare är han.

- Är hissarna trasiga igen? De var nyservade i helgen.

- Efterkontroll. Ett hjullager skall bytas. De saknade rätt delar sist.

- Jaha. Vill du ha något att dricka så går det bra att förse

sig i baren.

- Nej tack, jag vill göra klart bara. Det kan ta en stund,
c:a en halvtimme.

Den första etappen, första hindret avklarat. Nu till nästa
del. Naturligtvis är de två kvinnorna i ett hotellrum nära många
kameror, för säkerhets skull. Varenda silhuett, dammkorn eller
rörelse fångas i de levande robotarmarnas linsprydda huvuden.
IR-sensorer plockar upp annat. En liten eldsvåda utrymmer ett
rum i taget. Planen är simpel.

- Brandlarmet. En rökdetektor i varje rum. Stanna kvar
här Cicci. Jag måste ut ur rummet, för att slippa onödiga frågor
för din del.

Korridoren är lugn och rökfri. Brandvarnarens placering
vid hotelldörren blir lättåtkomlig för vattenånga i ventilationen

intill. Robert var med vid delrenoveringen av hotellrummen för ett par år sedan. Det pågår fortfarande efterarbeten, känner han väl till. Lyftkranen vägde 500 ton och lyfte upp c.a 40 nya rum på hotellbyggnadens tak. Överblicken vid en snabb genomgång fastnade direkt i hans bildminne. Det har han tydligen nytta av nu. Brandvarnarna slutade ljuda. Fler hotellgäster hade samma intryck, att läget var lugnt i korridoren när de återvände in till sina rum.

> *- Är det lugnt, Patricia?*
> *- Det verkar så. Ingen har sett något särskilt.*
> *- Skönt!*

Jägaren har nu fått två mål, hans eget i sällskap med ett besvärande påhäng. En trasig hiss förlänger bara deras väg ut. I trapporna är ytorna öppna. Han går för att återvända, snart nog under natten. Han vet redan hotellrummens fönster. De är lätta att komma åt från utsidan. Den övre våningen med takpool är i huvudsak användbar för återhämtning. Idéer formar sig, om hur han ska fullfölja sitt uppdrag. Under tiden han snickrar sin plan inser han att det enda sättet att komma åt de båda pulvriserar dem alla tre. Det blir genomförbart. I chockeffekten eliminerar han sig själv. Är det så han vill? Det är avtändande att göra som förespråkarna, bli det självpåtagna offret för en sak. Hans liv är inget att ha nu. Han låter bli att känna efter, helt övergivet tom. Robert följer dem på håll, i väntan på rätta tillfället att använda sin enda flugsmälla. Farorna hänger över, orsakar tunnelseende i varje skede. Robert fryser, trampar vatten. Med kunskaper om materialfysik, nya teknikers sprängstoff och ett orubbligt arbete för stabila strukturer blir förstås en genomtänkt strategi en väg ut. Robert gör sitt bästa för att undvika onödiga frågor. Vid den ultimata explosionen rensar han ut rummet helt. Inga spår efter något lämnar han. Cecilia har börjat upptäcka charmen här och nu. Livet lockar henne med allt sitt fina. Hennes bundsförvant Patricia håller henne vaken. De resonerar vidare. Ingen av dem är förberedd, än. De har nyss börjat återuppleva gemensamma beröringspunkter. Sökande i sina minnen slappnar de av. Tiden känner de in. De somnar, lugnt och stilla.

Detonationen väcker kl 05.42. En taxi på gatan slår det lågor om. Räddningskåren är snabbt på plats. Centralstationen öppnar sakta. Dagen gryr i sitt yrvakna dis. Den här morgonen bjuder på ytterligare ingredienser från ett annat håll. På spåren värmer pendeltågen upp. Expresståget är redo. Patricia kikar ut genom fönstret. Hon konstaterar eftertänksamt situationen, att de bör avvakta en knapp stund till innan avfärd.

- Jag drömde om Robert, att han var här inne, Patricia.

- Det förstår jag. Du har bearbetat en del sedan igår.

- Men, det känns nästan som att han är i närheten.

- Vi äter strax frukost, på rummet.

- Då hinner jag ett morgondopp innan vi reser.

I foajén inväntar en hissreparatör. För att iordningställa den stannade hissen, byta hjullager samt avsluta jobbet behöver hotellets säkerhetsansvarige ge klartecken. Några tidiga flygvärdinnor och deras medresenärer, piloterna, blir upphämtade av sina respektive skjutsar, som vanligt. Robert strosar runt på Avenyn. En pressbyråkiosk utgör perfekt kamouflage när bilen gendarmer drar förbi med blåljus. En stripad blåvit stannar till utanför. Ett snabbt stopp för en dosa snus och en kaffe. Det är bara mänskligt. Robert gömmer sig bakom tidningshyllan, tittar sömnigt ner. En tidsinställd bomb kan brisera när som helst. En blindavfyrning förvillar, kan bli fullständigt livsfarlig. Alla deras insatser neutraliserar. Robert står utmattad kvar, rådvill. Vilken känsla för hans förut totalt tömda inre! Utmattning hörs mindre angenämt. För Robert är det välkommet, en känsla av något liv!

De båda poliserna nickar samstämmigt, fortsätter enligt planeringen med sitt avdelade uppdrag.

- Här, ditt snus.

- Tack. Verkade han lugn?

- Han ser lagom "chill" ut. Ungefär i stil med förut, vad som kan förväntas efter nattvak.

- Kör vi till stationen?

- Centralen. Någon holländare är i farten.

Robert gnuggar tinningen, stryker håret bakåt, beger sig ut ur butiken. 7-11 Linnégatan 1 håller igång dygnet runt för all sorts akutbesök. Det är tacksamt läge för patrullerande. När de har kört vidare stannar en annan typ till strax utanför. Bilen är mörk, högerstyrd och har utländska registreringsskyltar. Det är nästa års modell BMW iX3, som går på drivmedlet HVO100 för miljötanken. Uppenbart bjuder Jersey på mer än säsongsturism ur sitt nobla skatteparadis. Det fattar Robert direkt. Kontakten mellan Robert och chauffören blir ytlig. Chauffören visar några av bilens finesser.

- Vi har detaljer till Dig, ett nytt uppdrag.

- Jaså. Ni tror det.

- Se i handskfacket. Där är ett kuvert till dig. Med allt du behöver veta.

Robert blir svettig i pannan, trycker sig bakåt, läser sina instruktioner två gånger. Chauffören som är ett obekant ansikte för honom sneglar. Roberts händer börjar darra. Han håller sitt kuvert, tar upp sedelbunten, räknar, lägger ner igen.

- Ni är inte kloka, vid Skrea, bland alla turister.. Det är som gjort för att dra till sig uppmärksamhet.

- Vi har förtroende för dig. Du löser uppgiften.

- Jaså. Det är inget för mig!

- Din granne hade mer i sin skrivbordslåda. Öppna andra kuvertet.

Precis som om det var kopierat kunde han se likheterna hos de två kvinnorna. Kortet på honom och Cecilia var visst ett några år gammalt foto från deras gemensamma middag ute på balkongen. Det andra fotot granskar han hastigt. Det föreställer en charmig ung kvinna som påminde i sin utstrålning om någon han nyss sett. Bredvid henne på det gulnade porträttet, troligen taget för nära 35 år sedan eller mer, står en rakryggad man. Det var då. Efter kort betänketid lägger han ner korten i kuvertet.

- "Det kan inte vara möjligt..." mumlar han, Robert.

- Vi tänker oss att det här uppdraget blir intressant för dig.

- Jaså. Det är inget för mig!

- Vi skickar iväg dig utomlands när allt är klart. Biljetten

har du i näven. Destinationen är långt bort från Jersey, vilket är bra för oss.

- Jaså. Det tycker ni.

- Det blir inga bekymrande utredningar där.

- Jaså. NordKorea kan locka en del, tydligen. De rensar ut vad de anser lämpligt.

- Det är ingen riktning vi planerar.

- Ni tror ni är begåvade.

- UAR.

- Jaså. Öar, Thailand... Vilken fantasi...

- Förenade Arabemiraten. Inga paradisöar.

Robban tar över, försöker aldrig dölja sitt raseri. Färgen på hans hals avslöjar enbart vrede. Det flammande röda sprider sig upp mot käkbenet, hårt sammanbitet. Robert får respass in i själens hemligheter. Dissociationen, splittringen mellan de två gör att Robban slutar fråga, utför och struntar i konsekvenser.

- Cecilia...

- Vem? Vi har inget utrymme för frågor här. Utför jobbet

som vanligt, snabbt och effektivt, så har du biljetten till frihet.

- Ge mig mer information, och returbiljetten så är vi i

hamn.

Så överlämnas Robban återigen till sitt eget initiativ. De

förmågor han besitter väcks ur slummern. Robert får distansera

sig. Robban tillåts dominera ett tag. Ännu har han inte insett de

släktband som möjligen underlättar eliminationen av dem alla.

Fördelen för Robert är att Robban vill leva. Robert är övergiven

och har inget kvar att leva för. Han är tom. Robbans knytnävar

slår mot handskfacket. Han sträcker på sig, drar de härdade två

släggorna genom hårfästet, rättar till klädseln och lutar sig bak.

- Vi har utrustning åt dig här. Du kör direkt innan det är

dagsljus. Vi återkommer.

10

Inte långt därifrån har en annan belevad gentleman nått sitt hem. När Olle passerar ytterporten möts han av den alltför intetsägande graffitin inramad av nygamla tuggummin, snusiga spottloskor och vad som kan ha varit en kebabsallad smetad på husväggen innanför.

- Förortsvandaler!

- Tänker Herr Tygelström på någon särskild?

Vid lägenhetsdörren sitter en pojke bredvid en man som bryter på flamländska. Han har hängselbyxor, flamländaren, bär sin murarkeps på sned. Han ler brett och visst har han en gnista medmänsklig värme i sina ögon. Olle känner direkt hur han kan bemöta sitt oväntade besök. Flamländaren håller i tråden. Inga tveksamheter kunde någon ana när han frågar, på nytt:

- Hur är läget med honom?

- Jo tack som frågar. Än hittar jag hem.

Pojken tittar nyfiket, ler litegrann. Olle finner sig snabbt och lyckas överta kommandot. De känner igen varandra från ett tidigare rendez-vous. Pojken belönades med ett par hoprullade hundralappar i en sedelklämma när han träffsäkert kunde ange var den krumryggade mannen med katt i cykelkorg bor. Det var kopplingen till deras förut hemlige torped holländarna beslutat ta reda på. Föga anade Olle då, vad han inser just i momentet.

- Hur är det med din Westie? Ta med dig honom och din pappa till parken så de får träffas, Watson och Weston.

- Det är inte nödvändigt. Vi har andra gemensamma intressen.

- Aha... Ni spelar schack! Då ställer jag upp på ett parti.

- Så passande. Föreslå platsen så tar vi med pjäserna.

Olle erinrar sig plötsligt brädspelens förträffliga funktion som avdramatiserande medel. Originalet Chaturanga är, liksom fredspipan, strategiskt användbart, har god rogivande effekt.

- Vi funderar på hur läget blir med Er vän.

- Det är bra, för tillfället. Tack för besöket. Glöm inte en klapp till vovve. Hälsa från kisse, en sann vän!

Med en enkel gest låser Herr Olle Tygelström om sig och sin sambo. Ur skrivbordslådan tar han fram ett kort på en flicka i sjuårsålder. Hon är iklädd blus, kjol med hängslen och har vita hårspännen vid vardera örat. Lackskorna är blå.

- Tror du de har genomskådat oss, Watson?

-...Mmmeeeoooww...Churrr.

Olle sätter sig bekvämt tillrätta i skinnfåtöljen intill, och häller upp ett glas av sitt otium, vad som är kvar av det senaste ynnestbeviset. Han betraktar kortet, slumrar till med sin sambo på armstödet. De värmer varandra, de där båda. Olle drömmer sig bort, ett litet tag. Påhälsningar kan orsaka extra arbete. Han bestämmer sig för att åtminstone försöka få något andrum. Fina minnen av flickan ger honom sinnesro, för ögonblicket. Sömnig efter anspänning ser han sin sambo slicka pälsen, rulla ihop sig och krypa ner i hans knä. Liv varierar, minst sagt. De rör på sig.

– .... *Churr... Mmmeeeoowww.*

- *Vi träffas snart, Watson. Hon väntar...*

Olle låter drömmarna ta över hans innersta funderingar. När hans undermedvetna får tassa fram ur sin allra djupaste vrå blir det livtag om alla känslor. Drömmar avslöjar. Emotioner tar skepnad. Olle snarkar. Portvinet droppar ur glaset i hans högra hand. Den förskräckta sambon bevakar läget, putsar svans och morrhår, leviterar, hoppar upp på ryggstödet. En fräscht trendig insutten öronlappsfåtölj erbjuder komfort på mer än ett sätt.

- Kusten är klar! Vi tar oss in.

- Vilken härlig oas, Patricia. Du har mer att berätta, och definitivt om alla dina kontakter.

- Hon är en god vän, sedan länge. Vi får tillbringa en tid här. Familjen är på Algarve, utom chauffören här som studerar. Anton är kvar i Sverige en tid, inte bara p g a restriktionerna.

- Jag har min lägenhet. Ni får sköta ert.

Godset är ett av alla de nedärvt välskötta. Det finns fler längs vårt halländska kustband. Djurhållning lever kvar på sina håll. Utsikterna har förbättrats. När de lastar ur är de iakttagna av ett par mörka ögon. Mitt ibland tomtar och troll, på avstånd sitter en svartklädd man med verktyg och sin lätta motorcykel 125CC bredvid sig. Att kalla det skydd i vad som finns kvar av kustbandets närskogar efter all avverkning vore optimistiskt.

Robban har placerat sig på en sten, ihopkrupen under en gran, dold bakom ett och annat lövverk. Blandskogarna bjuder på variation. Om inte det vore för flatljuset skulle varje nyfiken sökare, som surrande drönare upptäcka hans gömställe. Glipan i bladverket räcker knappt till för honom att se ut, därmed inte sagt att någon kan se in till honom. Ännu är han frågande över kopplingen. Han har inte mycket att leva för nu, när allt tagits ifrån honom. Sönderryckt, förlorat övergiven och tom fortsätter han att trampa vatten. Han är en utmärkt simmare, uthållig och slitstark. I den konditionen får han sällskap av havsbris och gök bland annat knytt. Övriga känner inte hans närvaro, än.

- Vi hämtar din pappa idag, Cecilia.

- Följer jag med kanske han blir alldeles chockad.

- Det får vi se. Såklart du följer med.

- Undrar hur Robert gör när allt går honom emot. Han är så rädd, förtvivlad, gråter aldrig, men han snyftar när han slår.

Det känner hon väl till, Cecilia, att alla Roberts utbrott kommer blixtsnabbt, utan förvarning. Han slår hårt och tungt utan att fråga. Gråten faller med slagen.

- Vi har uppsikt, Cicci. Klockan ett hämtar vi din pappa.

- Så roligt. Det var så länge sedan. Han har inte besökt oss alls sedan jag flyttade in med Robert. De gillar inte varann.

- Det låter deprimerande. De har knappast lärt sig känna in varann riktigt, heller. Grannen fick bli lite av din far.

- Hur menar du nu? Persson?

- Vi gör oss resklara snart. Olle ska inte behöva vänta vid stationen.

- Olle... Pappa!

Roberts ögon är grusiga av morgongry. Han kunde inte bry sig mindre. Övergiven, sviken och tom. Transformerad till en tungt bestyckad självmordspilot står alternativen klara, om han ska ta med sig de alla tre, eller bara sitt utarmade jag. Det är tomt i hans skal, övergivet. Robban tar över situationen, ser godsets skvallerförsedda öppna ytor. Enögda robotarmar sänder bild- och ljudupptag till skärmar i huset. Vattenväg och källare är säkert övervakade av värmekameror, IR. De har tänkt på allt. Källartrappan i stenfundamentet är helt naken, utan sidoräcke. Han kan ta dem med storm, eller planera. Då avbryts hans inre tankar. Volvon som kör ut tycks vara extrautrustad. En XC 90, laddningsbar hybrid vittnar om höga tekniska kvaliteter hos de som vanligtvis bor i mangårdsbyggnaden, eller har ordning på sina ägor i alla fall. Nere vid vattnet ser han en brygga, livbojar och några fendrar. Båthuset har två små fönster, står insmuget i skogskanten vid vattenbrynet. Han kastar sig upp på hojen, gör en enkel manöver och tar stigen, genskjuter Göteborgsvägen för att så småningom köra upp parallellt med bilen vid trafikljuset inne i centrala Falkenberg. Där anar han, genom mörkt tonade bilrutor på passagerarsidan, ett välbekant ansikte. Själv kör han totalt maskerad. Likt en förvuxen tonåring fräser han in på sin hoj vid tågstationen. I samma stil som de, köper en korv och en Pucko, fäller upp hjälmens visir för att smälta in i den ordinära stadsbilden. Volvon rullar in på parkeringen. Bildörrar öppnas, ut kliver två välbekanta kvinnor. Då ansluter en kutryggig man, som omfamnar de båda. Han har nyss anlänt med tåg. Robban avverkar korven i två glupska tuggor, som pressar ut hjälmens käkbågar till max. Drycken sköljer han ner i ett svep. Han drar igång tonårsbågen, 125CC, varvar upp och kickar iväg. Under returresan smiter han in i ett annat skogsparti, närmare huset. Där förbereder han sig. De andra återvändarna skymtar fram på grusgången. Volvon är utom synhåll.

- Det finns så mycket att berätta. Snälla pappa, du har ju en sambo. Var är hon? Du har gjort så fint vid mamma, också. -

- Kära Cecilia. Du är så lik din mor. Det har alltid gjort

mig lycklig att tänka på. Vi får några timmar i avskildhet här,

lugn och ro.

- Det blir äkta halländsk meny, med grönkål och sötost.

- Med själavärmande elixir i kristallglas, Iza.

- Du är en riktig läckergom du, Olle. Men, vi lagar supén

tillsammans, väl? Cicci har säkert större talang än hon avslöjar.

- Bästa sällskap förpliktar bästa intaget, eller hur Cicci!?

Sagt och gjort, dofterna dansar snart ut via köksfönstren
på ett välskött gods i Halland. I det fria klättrar de, roat flätade
vingepar uppför tallkronor och lärk. Ask och bok sträcker fram
sina grenar, tänjer klyvöppningar för att fånga in de aromatiska
slöjorna. Diset bäddar in allt. Några sniff når en hukande brydd
man vid en hoj, vars väskor innehåller mer än verktyg. Drönare
surrar, avslöjar inget för en studerande övervakare. Det är grått.
Bilder sänds var tiondels sekund, sparas i molnet. Smattret hör
bara djuren, både tama och vilda, som skärper sina sinnen. Där

i skogen sitter han, Robban, som en nyvaken best, börjar spana in sitt byte. Hur skall han gå till väga? Som kompetent snickare och erkänd hantverkare har han fått utföra många goda insatser på alla godsen omkring. Det harmoniska ryktet sprider sig längs kustbandet. Yrkesskickligheten döljer hans inre kval. Det är ett mindre inferno. Apropå det, tänker Robert, kommer han igen? Robban dominerar, på nytt. Det pressade läget tvingar honom. Frågan är om de skulle uppskatta hans besök, att ta dem med storm orsakar bara tumult, inser han. Det är osäkert. Resultat får han med skärbrännare genom verandadörren. Men det tar tid, även utan pansarglas. Då blir allting hett och målet kan gå förlorat. Han kan spränga dem alla i luften. Lyckas det? Då ser han en man träda ut i entrén, får en skymt av Cecilia i dörren.

- Ropar ni när maten är klar? Här ute är det skönt, i det vackra havslandskapet.

- Vi blir strax klara pappa, jag går in.

Olle knappar på sin telefon, vänder sig om, går in, och är glad över sin arvtagerska. Cecilia myser med sin moster Patricia i köket och middagen serveras. De sätter sig i salongen, ser allt utanför. Berättelserna fortsätter. Då reser hon sig, Cecilia, tittar ut mot havet, där, i burspråket omgärdat av väldiga förhängen i det varmt inredda rummet. Drapåer smyckar bröstpaneler och ger ett rofyllt intryck. Takstuckatur i lötat ädelträ skapar trygg miljö. Det är historia, hantverk av människohänder.

- Till Bords. Varmrätten väntar.

- Jag är så orolig för Robert. Han kanske är deprimerad.

- Vi har förståelse, Cicci. Robert i synnerhet är bevakad, men han vet det inte än. Troligen känner han det, eller gissar sig till det. I trängt läge blir han en hård nöt att knäcka.

Robban iakttar allting som blir avslöjat genom verandans höga fönster. Plötsligt överraskas han av strandnära skuggor. Av vana känner han, god simmare som han är. Det är skumt, trots att det inte är kväll. Ljuset skiftar i grå toner. Havet reflekterar, bryter. Det kunde väl ha varit några tumlare som sökte kontakt, Svävaren som snart avbildas hel på hans näthinna skickar ut sin grodman. Simultant är två mörkblå XC90 på ingång vid godsets huvudentré. Fyra man ur en insatsstyrka positionerar sig kvickt runtom huvudbyggnaden. De är reglementsenliga, i blåkläderna med. Snabbt och effektivt lotsar en av dem fram ombudet. Vid matsalsbordet har Olle börjat knappa på sin mobiltelefon, igen.

- Precis i tid för delikat laxpudding. Välkommen Mårten! Är inte Anna med?

- Hon har haft fullt upp. Det har gjorts arbete med hjälp av psykiatern. Hon fick information vi kan dela med oss av. Så klart prioriterar jag gärna, som vid det här passande målet.

- Ödmjuk som alltid... Sätt dig!

- Hur har du det med din klient, bäste Mårten?

- Det är bra, marscherar framåt. Han är väl i krokarna här tänker jag. De släppte honom, för att locka fram hans alter ego, Robban. Han satt på en hoj vid stationen, som en tonåring. Det är visst dig han söker, Patricia. Här är mitt visitkort.

- Vad ska jag med det till?

- I ansträngda lägen kan ni behöva en advokat, gjutet!

- Du är påläst. Men, där kan finnas mer att lära. Tur vi har Olle! Sluta googla Olle. Le Olle, le lite till!

- Är det snap-chat?

- MMS. Vi använder så enkla medel som möjligt.

- Hyllning för mormor Siv, och vår Rebecka. Cicci! Iza! Cheers ladies, cheers!

- Och, vad får vi ut av det?

- Vänta och se, bäste Mårten. Vår goda Patricia kan visa dig ett och annat.

- Robert hanterar vi. Robban blir best vid trängsel.

Cecilia reser sig igen, undrar vad som pågår. Hon är inte helt van liknande situationer. Robban ser henne stå i verandans stora fönster. De har ätit varmrätten. En äldre gestalt närmar sig henne från sidan. Snart syns de på trappan, Olle och Cecilia.

- Du knappar hela tiden, pappa. Varför?

- "nu är det läge",

Textmeddelandet når sin adress. Samtidigt överrumplas de där ute av ett brak. Pansarskottet är välriktat, går rakt in i matsalen, genom verandafönstret. Synkront med det ser de ett mörkt fordon med två stödhjul rusa rakt upp mot entrétrappan. En nyligen apterad handgranat exploderar vid ytterdörren. Det är timingen som också gör grodmannen perplex. Påhälsning av tre dynamitladdningar detonerar precist, à la Bermuda. De ska inte kunna förutsägas. Grodmannen guppar livlöst på vågorna. Robban betraktar verket, ser direkt omgrupperingar på fältet.

Kriget är igång. Olle föser med sig Cecilia. De går in när värsta krutröken lagt sig. Vid matsalsbordet ser de kaos, mer än matos och kross. De betraktar vad som en gång lär ha varit en kraftig karmstol i trä. Hettan i träet kunde inte förklaras helt av goda moster Patricias säte, trots att hon nyss suttit i densamma. De är spårlöst borta. Verkligheten överträffar fantasin, mer än vilt. Poliserna parar sig, tar nya positioner. De två främsta riktar om vapnen. Deras lasersikten söker skogskanten vid infarten. Grus knastrar under deras kängor. Övriga två bevakar läget. Robban ser hur grodmannen får en skjuts av svävaren. Han tycks ha liv. Kustbevakningen har plockat upp honom. De är sysselsatta. Nu kan Robban fortsätta sin plan. Cecilia tappar helt fotfästet. Hon gapar stort och börjar gråta.

- Det är fruktansvärt, pappa!

- En del av livet, Cicci. Min gode vän Stig A Persson har fått sin förlåtelse. Du ar hans skyddsling. Han vakade över dig.

Därför ska vi förbereda oss att besöka honom snarast. Han lär

må bra av att få se dig. Robban vilar inte på hanen där heller.

- Robban? Robert frågar aldrig,. Han slår bara, direkt. Är

det mig Persson har skyddat så måste vi hjälpa honom.

Ytterligare ett textmeddelande från Olles telefon. Cecilia

är undrande.

- Hur kan du vara så hjärtlös. Du börjar texta när vi inte

ens har Patricia med oss längre.

- Nåja...

Under luckan i köksgolvet finns plats för fyra personer. I

utrymmet hänger tre teveskärmar, som uppdateras flera gånger

varje sekund. Det blir nästan rörliga bilder.

- Nå, Mårten. Om vi tillbringar mer tid så här kunde jag

lära dig mer om livet, ett tag i sänder.

- Öh, ja det vore väl trevligt.

- Nej, vänta litet till, vi får snart veta när kusten är klar.

Mårten låter den gedigna träluckan falla igen. Han sätter sig ner, något uppgivet. Han är steget efter. Det blev obekvämt för honom, en man mitt i sin karriär.

- Kvinnors list övergår deras eget förstånd.

- Rimligen är din fru och era barn glada att få hem sin så kloke familjefar helskinnad, eller !?

- Rimligen. Vad gör vi nu?

- Kom närmare ska jag visa dig.

- Nu går jag upp.

Olle blinkar förtjust och stolt när de båda kliver upp ur sitt tillfälliga gömställe. Patricia har integritet, textade tillbaka *"Vi är i hamn."* Mårten tappar halva ansiktet, eller åtminstone hakan, när han ser Cecilia med sin älskade pappa Olle stå och småle. Mårten rodnar. Cecilia har torkat tårar. Hon pustar ut, går fram till hålet i verandafönstret. Mårten håller igång pratet för att komma över sin egen chock. Det inser de andra tre.

- *Så vad väntar vi på? Blod, svett och tårar har vi redan.*

- *Tja, vi kan sätta oss här i soffan och njuta av efterrätt.*

- *Det är crazy, med en maniac därute.*

- *Om det är din klient du åsyftar så har vi koll på läget.*

- *Deras torped får nog assistans inom kort. Då har vi åkt.*

- *Sakta i backarna. Vi har sötost också. Här Mårten, tag en rejäl bit. Slappna av lite. Le Olle, le lite till!*

- *MMS igen. Dokumentation i all ära.*

- *Instagram. Jag vill visa hur harmoniskt lugnt och skönt vi kan ha det i Sverige. En släktmiddag i en sotig soffa säger en del.*

- *Cheers Iza. Cicci. Bäste Mårten, andas ut också.*

- *Hur visste du Olle, här på vischan? Brevduvor?*

Insatsen lyckas. Grodmannen kvicknar till efter chocken i vattnet. Positionerade att säkra avresan står de tre av fyra män i styrkan beredda. Med osäkrade vapen håller de skydd. Robert är på flykt. Robban leder motorcykeln ut ur skogen, längs andra stigar än sist. En flakbil svänger upp "en passant". Mannen vid ratten har en guldtand, ler när han kliver ur.

- Tjena brorsan, well done.

- Robban för dig, pysen.

I en annan del av kusten, någon halvkilometer bort från det gods där några nyss tilltufsade överlevare smuttar kaffe och avec, närmare bestämt en av dem. De sitter i soffa och fåtöljer, i rummet med träsniderier och flaggprydda väggar. Tavlorna ger intrycket av mausoleum. Alla tidigare ägare hänger på väggen, porträtterade, utom den senaste som är fotograferad. Bilderna har färgglad lyster, som vore de lyskällor mellan dunkla reliefer.

Livet fortsätter på olika vis, på alla de håll. Robert väcks och vaknar till. Han rullar upp bågen på bilens flak, stiger upp i kupén. Passagerarsätet är brett. På golvet, i sparklådan, ligger några tömda burkar energidryck, som han sparkar undan. Slarv, tänker Robert med sitt perfektionistiska försvar.

- Nytt uppdrag.

- Jaså. Det är inget för mig.

- Kolla kuvertet brorsan. Jobbet är inte klart.

Robban studsar ur bilen direkt, har inte stängt dörren än varpå chauffören kliver ner.

- Vi har kollat upp din granne.

- Jaså. Det är inget för mig.

- Jobbet är inte klart, brorsan. Här.

- Robban för dig, pysen!

- Så, du får fem.

Robban rycker upp kuvertet, ser de fem skäringarna, ser mot den något tunnare mannen framför honom. De står nära. I andetagen kan man höra hur det vibrerar. Chauffören backar.

- Ge mig resten, tunnis!

- Här. Det är 25? Big boss har koll, skickar kuvertet.

- Du ditt fega kryp. Robban är mitt namn, skicka med hälsningen.

Robban stegar så nära att nästippen nästintill vidrör den nu något snuvige motpartens dylika utskott. Näsorna är så nära att inget annat än någon enstaka vilsen syremolekyl får plats på stället. Han trycker resolut tillbaka kuvertet med sin utspända handflata rakt in i dennes bröstkorg. Ögonen fokuserar. Svetten i den 25-30 årige chaufförens panna börjar flöda. Robban inger respekt. De vet att han är grym när något bär honom emot. Det är nu han minns, att de lurade honom gång på gång med alla de utlovade konsultarvodena. Chaufförens glimmande Rolexklocka och signalementet guldtand vittnar om ett förskönande av hans yttre. Konsultarvoden som låter som "tjugofemtusen" är i själva verket 50'-60'. Dessa trista bulvaner har en tendens att behålla merparten/minst hälften. Så kan de hålla igång sin tillvaro, med monsterdrycker och billiga skor. En och annan allmosa till arma tiggare, med liknande guldpluggar, ger dem en skärv då och då i utbyte mot information. Spanare på fältet intar så många olika skepnader. Informationskanalerna är väl så många, långt många fler än de flesta verkar vilja begripa. Cigaretter byter händer.

- Här. Din granne, kompis.

- Jaså. Det är inget för mig.

- Här, kuvertet. Du blir hämtad vid stationen i Halmstad kl 04.30. Där får du veta mer.

- Jaså. Det tror du.

- Här, varsågod.

Chaufförens holländska brytning avslöjar sig tydligare i stressen. Robban bläddrar vant igenom sedelbunten. Det är en nypressad dusör. Femtusen euro räcker en bit, exkl de 30' SEK, alla numrerade.

- Kör mig till Halmstad.

- Du får bättre sen.

- Jaså. Det säger du.

- Big boss ordnar. Han har koll.

- Bra. Kör till Halmstad, pysen.

- Det kommer en annan dit.

Robban sätter sig tillrätta, stryker sitt hår bakåt med en invand touche. Han knäpper upp skinnjackan. Läderkängorna med matchande byxor ger look. Robban utstrålar medvetenhet. Han frustar, breder ut sig. Chauffören gör sig smalare, kör, utan några fler utlägg. Motorcykeln ligger dold under flakets kapell.

<h1 style="text-align:center">12</h1>

Klockan är 04.27. De tre har haft nattvickning, och den tidigare så självsäkre advokaten har tonat ner sig betydligt. Han sover sittande i en fåtölj, slipsen uppknuten. Hans kavaj hänger prydligt vikt över ena armstödet.

- Vi har så mycket att arbeta för nu. Linnéa kan vara ett bra stöd för dig Cecilia. Däremot ordnar vi annan bostad.

- Men, pappa, du kan behöva två mänskliga händer hos dig, även om du nu har en sambo. En katt! Du hade kunnat ge mig någon sorts vetskap om det, innan.

- Läget var bekymmersamt, med hänsyn till vår Patricias goda arbete. Kopplingen till vårt detektivarbete sköter vi allra bäst utan att låta dig veta. Bättre alibi kan du inte få.

- Kan jag inte få ta hand om det egenansvaret?

De väcker Mårten, packar ihop sina tillhörigheter för att snart åka till Göteborg, igen. Sjukhuset vakar över ett vittne, en sann vän.

- *En kan undra hur pass bra ni känner varann, Persson och ni.*

- *Vi har historia. Låt oss arbeta vidare. Som läget är nu behöver han all återhämtning.*

- *Min klient är neutraliserad, under övervakning.*

- *Nu är du lika naiv som oerfaren, bäste Mårten.*

- *De skyr inga medel, undanröjer honom efter han utfört sitt uppdrag.*

– *Jag sa ju precis det.*

- *Bäste Mårten. Du uttrycker dig på ett sätt som om allt är avklarat och löst. Din tydlighet gör sig bättre i rättssalar än i livet för övrigt. På fältet blir det taktlöst att dra slutsatserna för tidigt. Vi har gemensamma intressen kvar att vårda; vittnet.*

- Nå, kvinnors list övergår visst förstånd.

- Nu är du plump, mer än humoristiskt vitsig. Patricia är smart läromästare, inte bara i sekretessäkrade skrymslen under köksgolv. Vi gömmer inga sanningar, avvaktar mera.

- Öh.. det hände inget där.

- Det är inte över än, Mårten. Goda Patricia här besitter en god kompetens, som även de mest framgångsrikt ärevördiga kan få tillgång till att nyttja. Med bästa kvinnliga intuition når man lite längre, för den som vågar släppa prestigen vill säga.

- Vi använder väl inga titlar eller emblem, här?

- Är det ens värt att nämna, gode Mårten? Du är varmt välkommen på visit, som den du är, utan extra gester. Vad såg du på teveskärmarma i källargömman?

- En robotgräsklippare, insatsen och ett båthus, hurså?

- La du märke till visiten, passagen i skogen?

- Öh... vilken?

13

Klockan är 04.27 vid stationen i Halmstad. En rostig blå Ford Escort, från 1993 eller liknande, svänger in vid den nästan tomma perrongen. Det är tomt vid pressbyråkiosken. Robert är där, går till bilen, tar tag i dörren, kliver in.

- Tompa! Vad pysslar du med, här?

- De ringde mig. Vi hade lite kontakt, minns du, efter jobben i Norge.

- Sant.

Thomasz med sin väloljade trut var inte helt pålitlig. Det minns Robert. Tompa kunde lätt sälja sin bäste vän bara för att själv sko sig, försöka glida ur obekvämligheter. Tompa är rädd, rädd för att inte duga. Det är något helt annat än Roberts rädsla för att bli övergiven, tom. Orsakerna lägger de åt sidan, titlarna med. De har haft rätt kul de där båda. Tompa kallas han alltid bland vänner. Robban är Robert för honom. Tompas obehagliga sätt att försöka ställa sig in fungerar ofta, men knappast hos en Robert, än mindre hos Robban som inte ens hör honom. Tompa tror sig skjutsa Robert men vet inte om att hans passagerare är den skoningslöse torped som väckts ur sitt ide av en strategiskt provocerande chaufför. Big boss vet. Detta taktiska mordvapen gör bättre nytta för karteller - bland andra - än burduse Robert som försöker dölja sin frustration innan knytnävarna faller som tårar. Tompa känner bara Robert. Det var innan Robbans tid. Big boss vet. Big boss har koll.

- Vi kör till jobbet.

- Jaså. Du jobbar på sjukhuset, transportör inom vården.

- Det finns ingen bättre marknad än här. Dessutom finns spillet omkring. Du vet, trötta undersköterskor, slitna byggare och uttråkade börsglidare med tjocka plånböcker. De drogar.

- Jaså. Du langar. Då tjallar du säkert också.

- Bara ovänner och måltavlor. Det ger lite pengar.

- Jaså. Du snackar! Du har alltid varit bra på att snacka.

- Det känns som då. Du är dig lik, Robert. Skönt!

De kör in på personalparkeringen, släcker lyset, Robban kliver ur. Tompa dröjer kvar en stund.

- Jag väntar här tills du är klar.

- Jaså. Gör vad du vill. Jag kontaktar dig när jag behöver.

Tompa reagerar, försvarar sitt inre. Han kan inte hota sin vän Robert. Hoten försöker han slå bort annars med uttryck om att: *"Komme'ru så smälle're".* Den falska tryggheten är urbilligt försvar mot hans egentliga rädsla, att inte duga. Det flyktiga är hans räddning, tror han. Robban luktar sig till fällorna, direkt. Tompa har angivit honom nu. Han är själv. Robert får inget för att göra mer av saken, än den redan bidragit med. Robban rör de inte. De har respekt för honom. Big boss har koll, lämnar ut uppdragen till bäst lämpad. Tompa väntar in upplösningen, får en check för sitt ärende. Tompa missar målet, även han. Det är meningslöst att försöka fly från sin egen innersta sanning. Ytan, fasaderna, barrikaderna bygger han upp, med eller utan polish. Vad drömde han om, förr? Det minns han inte längre. Tompa är lika trygghetssökande som innan. Mobiltelefonen ringer.

- I sin fältmässiga mundering är Robert iakttagen.
- Bra Thomasz. Du blir kvar. De kommer senare.

Med hyfsat läkta knogar passerar Robban snabbt in via trappor och hiss, till intensivvårdsavdelningen. Där klär han sig i den rekommenderade skyddsutrustning alla besökare ska bära med visir, andningsskydd och typiskt randig skyddsrock.

- Frukostvagnen står där för besökare. Tio kronor för kaffe och smörgås. Zoëga, varsågod. Vänta i rummet intill.

14

Sjukhusentrén har börjat få mer aktivitet, innan frukost. Klockan är 06.45. Cecilia, Olle och Patricia kommer i sällskap med Mårten, som också har intresse av just det här besöket. De söker sig fram till rätt ställe, möter nya människor överallt. Alla de fyra finner sig i ombytet till skyddsplagg innan de drar förbi slussen till intensivvårdsavdelningen. Där, i ett rum sitter något par besökare innan dem. Olle skiner upp när han får se djupet i de vackra mörka ögonen ovan andningsskyddet på sköterskan.

- Är han redo?

- Andningen är bättre, lugnare. Vi planerar att koppla ur respirator och dropp senare i eftermiddag. Ni är här i god tid.

- Vi går in.

- Det går bra, två och två. Ni bör begränsa tiden till tjugo minuter vardera.

- Tack, syster!

- Vi parar oss, delar upp oss. Cecilia och Olle får börja så sätter vi oss bredvid kaffevagnen och myser, eller hur Mårten.

De heltäckande pandemiuniformerna döljer rodnaden på Mårtens hals. Han tittar ledigt in mot övriga två, får känslan av att någon är bekant. Robban vänder bort ansiktet något. Dessa observanta blickar besvärar honom. Kvinnan på nästa stol tycks vara beredd att gå närsomhelst. Hon håller benen i kors, vickar på vänstra foten som är i vädret. Hennes högra fot gungar i takt för stunden. En undersköterska går igenom väntsalen, fyller på båda kaffetermosarna. Hon stannar till vid Mårten och Patricia. De riktar sig på hennes givna hänvisning till två stolar. Hon har samma vänliga attityd som all personal där och då. Sedan utgår hon, genom slussen, försvinner ur sikte. Kort därefter anländer tre välbyggda vakter. De cirkulerar i huset, tjänstgörande. De är förmodat rekommenderade att få med sig väntande besök ut ur väntsalen. Mårten och Patricia betraktar hur de andra två reser sig upp. Kvinnan är förskräckt och undrar vad som pågår. De är alla tillsagda att följa med ut. Robban ser hölster, batonger och anar oråd. Innan han vet ordet av är han golvad, har ont i båda sina ben, nyss träffad av två välplacerade pilar. De paralyserade honom med elektriska frekvenser. Tydligen har de viss vana att använda elchockpistoler, väktarna. Kvinnan står som förstenad i utrymmet utanför slussen. Vakterna fäster handbojor. Robban får betryggande lots genom sjukhuset, ut ur byggnaden. De för honom till de väntande poliserna, lägligt parkerade intill en blå och rostig Ford Escort. Tompa vinkar uppgivet åt honom, låtsat förvånad: *"Gick de inte lite väl drastiskt till väga, vakterna?"*

- Välkommen med oss Robert. Vi tar det lugnt. Grannen är inte redo för dig än.

- Jaså. Det kunde vara enklare om ni förklarar Er.

- Du vet mycket väl vad det handlar om.

Att polisen söker kronvittnen är allmänt känt. Tompa är en billig langare som kan ge något, men sannolikt själv kan råka i trubbel. Att Mårten kände igen sin klient gav den information alla behövde. Olle och Cecilia har under tiden tillbringat varma minuter hos en skör kämpande granne. Cecilia stryker handen över hans släta panna. Den stora kroppen är lugn i andetagen.

- ..humm...humm....humm...

- Se Cecilia. Det ser ut som ett leende, grimaserna gör gott. Du har tillfredsställt samvetet hos honom.

- Vi väntar hem dig snart, Stig.

Sjuksköterskan med de vänliga ögonen berättar vidare att de ser progress, läkning. Vägen tillbaka är mödan värd.

- Vi planerar flytt till annan avdelning så fort livstecknen är stabilare Han är stark, har outnyttjad overdrive.

- Välkommen igen Stig. Vi väntar på dig.

Ute ur rummet, ute i slussen ser de Patricia och Mårten resonera med kvinnan som verkligen inte begärt sådant pådrag. Olle ler genom visiret. Cecilia verkar lättad. Kvinnan fnyser och går in igen till sitt efterlängtade återbesök med maken. Det har på grund av pandemi med restriktioner inte funnits möjligheter att ta hem honom alls, sedan tre månader. Hemsjukvården stod beredd. Hemdialys var planerat. Läget ändrades.

- Sådant gör de med oss äldre. Det är förfärligt!
- Ni kan återvända in, damen. Det är lugnt nu.

När sjukvården inte vågar medverka fullt skapar det mer oro. Rädslor att göra fel skapar ännu mer oro. Rädslor att mista någon, rädslor för döden och rädslor för komplikationer gör alla besluten stympade. Istället för att få känna, skapa och ge kärlek blir vårdens alla uttryck formella, utom i det direkt livshotande. Då blir det allvar. Kvinnan har vårdat sin man utan nerräkning.

- Din klient befinner sig i arresten. Jag hör med Linnéa

- Jag tar mig an honom där. Finns något du kan och vill bidra med, för att hålla honom på mattan?

- Mhmm. Efterfrågar du kvinnlig intuition eller verklig kompetens, måtro!? Såklart kan du rådfråga, bäste Mårten. Det ger dig betydligt bättre odds att föra din goda talan, och stävja fortsatt kriminalitet.

- Vad är skillnaden?

- Den frågan får du besvara själv. Rädslan att misslyckas har du redan avslöjat. Din käcka image imponerar knappast på någon vettig en, alternativt ingen målstyrd torped heller.

- Sista ordet, är det vad du vill ha?

- Om du vill. Du inbjuder till det. Men, det är tveksamt om det är god advokatsed. Se människan, bakom fasaden!

- I rest my case. Tack Patricia, för råden. Hälsa Linnéa.

- Be my guest, bäste Mårten. Lycka till med "ditt case".

15

Hemma igen, där Watson lapar och fastighetsskötarnas arbete ger resultat. De har putsat innerfasaden på nytt. Watson stryker sig mot sin fodervärd, stirrar misstänksamt mot den nya gästen.

- Min käre Watson.

- Pappa lille, eller kanske hellre: Bäste Sherlock! Det är ju bara en katt.

- Förringa inte sällskapet, Cecilia. Njutningen består i all enkelhet! En skål grädde, tonfisk och ett glas portvin.

- Vi skålar i alkoholfritt och grädde. Du förstår att vin är något jag undviker. Det blir så slitsamma konsekvenser annars.

- Är du beroende?

- Nejdå, men jag har sett hur människor i min närhet blir helt annorlunda. De fattar sämre och reagerar långsamt. Dumt!

Cecilia går på upptäcktsfärd. Fotot på henne med de blå skorna väcker hennes allra skönaste känslor. Hon blundar. Katt ville hon ha när hon var liten, som flickan på bilden.

- ..Meeooww. Churr..

- Hej Watson, angenämt. Det är på tiden att vi lär känna varann.

- Tycker du om utsikten, Cicci?

- Vilka härliga fönster. Det står en kille där på gatan och vinkar. Han ser utländsk ut. Är det en av renoverarna?

- Han underhåller mig storartat i schack.

- Ska vi bjuda hem Patricia ikväll?

- Hem, Cicci... Du menar hit. Det är bättre att du träffar henne själv. Vi textar henne så får ni bestämma något.

Dörrklockan ringer. Flamländaren håller ett parti schack i ena handen, och har med sig ett kuvert i den andra.

- Du har damöppning.

- Korrekt. Det är rätt uppfattat. Vi arbetar gemensamt.

Hon är hushållerskan, nyss anställd.

- Vi återkommer. Betrakta pjäserna som en gåva.

- Mutbrott, solklart om jag vore i tjänst.

- Vem är det, pappa?

- Säg Olle, när andra hör.

- Nej, minsann. Nu har vi återvunnit närheten. Då håller

jag dig i schack!

- Aha. En dotter.

- Det är min hushållerska. Hon är som min dotter.

Mannen i murarkeps ler. Hans guldtand glimmar. Det är visst samme filur som Robert stötte på häromkvällen. Vet dessa mindre nogräknade kumpaner inte om grannen Stig A Persson är nära vän får de svårigheter. Är han frilansande polis kan de ta hand om hans hädanfärd, men inte annars. De bevakar revir.

När en eskort påträffas hemma hos ensamstående mogna kan det uppfattas på ett vis. För den kompanjonen i murartagen tillhör det kutymen. Han är van. Då följer inga oönskade frågor. Så avslöjar han sig, genom att inte fråga. Kör han dubbelspelet fullt ut blir han snart nerplockad. Ingen av sidorna, varken Olle eller Big boss anser sig behöva någon extra hjälpande hand utan att fråga efter densamma. Vad han inte riktigt listar ut är att de faktiskt är far och dotter, Olle och Cicci.

- Det är tur att han tror dig vara en yngre flirt.

- Men, pappa. Tror du verkligen att det ser så ut?

- Såklart finns goda skäl att undra för oss. De har lakejer med andra vanor. De äger sina kurirer, en viss tid. De blandar sig då ogärna in i andras privata affärer, räddar sitt eget skinn så. Cecilia, blir vi offentliga om hur vår situation är skrämmer vi bort de små ledtrådar som nu dyker upp. Sådana guldkorn kan goda Patricia istället få med sig till sina utredningar.

- Vilka idéer... I alla fall så har du gjort så mycket fint för mamma. Det är skönt för mig att se ditt engagement vid hennes sista vila. Det är välskött, på kyrkogården.

- Det är Watson och jag som cyklar förbi då och då. Det ger ro i själen. Rebecka är en härlig själ, som hjälper oss. Katter har sjätte sinne, på något vis. Det känns att vi har Rebecka med oss tack vare Watsons känsliga klokhet. Han visar det tydligt.

- Jag tror att du saknar henne så mycket, pappa. Därför känner du det. Du lärde oss spela schack, också. Det minns jag.

- Det med. Vi spelar ett parti schack, du och jag, Cicci.

Kvällen mörknar. De får avbryta sina drag, tappar tempo upprepade gånger under partiets gång. Alla minnen ger upphov till förnyad inspiration. Ännu fler tankar får komma till uttryck. Många skratt, lättande gråt, glada minnen, bortglömda minnen och nya upptäckter avlöser varandra mellan de två. En far med dotter får tillfälle att återberätta allt, så totalt, om och om igen.

16

Patricia tog emot sitt textmeddelande, SMS, senare den kvällen. Hotell Clarion Post avstår hon som läget är. I Linnéas lägenhet blir det lugnare, inkognito hemma hos henne.

- Är inte polisbilen där alltför synlig?

- De patrullerar alltid här. Vi ingår bara i ett extra span. Olle har hört av sig för Cecilias skull. Vi får ordna en enkel träff någonstans lagom neutralt. Du behåller kontakten med Cecilia, som vanligt. Det är nog bättre att ni inte delar bostad, för alla. I och med att Robert nu dissocierat, splittras från den något mer lättbegriplige Robert till ett målmedvetet alias, a k a Robban, är läget högbevakat. Du är trygg, så länge Cecilia och du umgås på samma sätt som förut, utom här hos dig.

- Och var huserar du bättre, om inte här hos mig? Hotell verkar alltför osäkert.

- Det är ordnat. Att vi ses här är helt i sin ordning, efter all uppståndelse. Du har varit vittne. De som lejer Robban, eller spionerar, kan bara associera dig till någon för oss att ge ett gott stöd, Du går trygg, är inget huvudvittne. Civilkurage behövs det däremot mer av. Du är medmänniska, Linnéa, precis som vem som helst. Vi behåller det. Du vet inget, desto bättre.

- När vi ses igen får det bli en riktig tjejträff.

- Det låter bra. Med eller utan padel?

- Utan alla former av konstgjord andning. Vi träffas och har det mysigt bara.

- Ah, vi underhåller oss själva. Du känns stabil!

- I det här läget väcks rätt hormoner. Instinkter, du vet.

- Därför ses vi igen, snart.

Textanden mellan Olle och Patricia bekräftar att de båda har situationen under kontroll. Cecilia är i god läkning. Linnéa har struktur, livet i balans, utan inblandning av oegentligheter.

17

I radion hörs Sting med en av sina hits, an Englishman in New York. Robban sitter på golvet, stirrar in i väggen, tar ett djupt andetag var tionde sekund. Vakterna kollar in genom den glugg varje häktescell utrustats med. Dörrarna är i solid gjuten järnlegering. Musik sägs vara helande. Robban har förlorat sitt sting. Han är tom i blicken, sitter handlingsförlamad på golvet.

- Den du! Han verkar ha suttit i egna grubblerier mycket längre än hos oss.

- Tja, hårdingarna visar sällan sina innersta idéer. De har tappat tråden när betongväggarna sluter om dem.

- Ska vi kalla in psykiatern?

- Äsch, nej, det är inget de kan göra i alla fall. Den där är förlorad. Det är en krake med dubbla identiteter.

- Känner du honom?

- Nej, men det gör den där Mårten, som tror han vet allt. En riktig sprätt, tror han har koll på läget. Han blir uppäten ute i det fria. Som tur är har han bättre kontakter som kan hålla ner hans självsäkerhet.

- Aha. Olle gör nytta, fortfarande. Still going strong.

- Dessutom är vår oskyldige, tills motsatsen är bevisad, partner med Olles dotter.

- Trassligt värre.

- Livet, du vet. Drogerna fördummar, och där sitter han kvar med sina rädslor. Antingen slår han sig fri, eller så deppar han ihop. Vi får använda pepparspray och batong. Elchocker är inget för oss, tydligen.

- Okej. Du får honom på ditt ansvar. Vi är två på den där. Vad ska han hitta på därifrån?

- Du anar inte.

- Troligen inte. Vi kör som vanligt, enligt rutin.

- En självmordsbenägen typ, det gillar vi inte.

- Det beror på. Han kan byta idé när som helst.

- Vadå?

- Split personality.

- Seriöst? Vad är det med honom?

- Han har något tufft från tonåren. Ingen vet riktigt. Han klagar aldrig, pratar aldrig. När det blir svårt läge går han på sin instinkt, blir som en otämjd isbjörn. Men, han är reko. Så länge du behandlar honom med respekt, utan fjäsk, utan att ställa dig in fungerar det bra. Han skickade ut en torsk en gång. Torsken försökte lura honom, fick lära sig simma för att överleva.

- Rått, men ärligt.

- Rakt och enkelt! Tjafsa inte! Vill han på muggen, så är det vad som gäller. Inga cigg., ingen snus heller!

- Säger vi Robban, eller Robert?

- Vi får höra med ombudet. Jiddrande Jönsson kommer i morgon.

- Behåll dina åsikter för dig själv. Det är onödiga tillägg. Professionella gör vi en bättre insats. Säg bara Mårten, advokat Jönsson eller ombudet så slipper vi problem. Du vet ju hur han alltid försöker outsmarta alla, särskilt när han får negativ kritik.

- Det är halva nöjet, att stressa honom lite.

- Anar jag akademikerförakt? Läs lite psykiatri istället. Det är spännande, lärorikt och kan utveckla förståelse. Brott är inte alltid orsakat av störda beteenden. Ibland är det helt enkla egoistiska motiv som ligger bakom.

- Du är klok du, som en pudel. Så sade han, Arne, vår fryntlige och lättsamme arbetsledare som jag hörde vid något annat sammanhang. Det var inte under någon pubrunda.

- Pudlar är kloka, sägs det. Klokhet är hälsa.

- Ja och du är klok som en hel kennel. Hälsa från Arne!

18

De somnade i varsin fåtölj, Olle med sin rare sambo den här gången på vänstra armstödet. Cecilia fann bekväm ställning i länsfåtöljen. Olle snarkar. Ett textmeddelande från Patricia är skickat, går nästan spårlöst förbi. Watson viftar med sin svans, sträcker på sig i hela sin längd, krafsar Olle på bröstkorgen.

- *"Så bra! Vi hörs senare."*

- *"Något från häktet?"*

- *"Mårten rapporterar under fm. ok?"*

- *"Hörs bra. Övernattar L."*

- *"Check. Retur?"*

Landvetter flygplats har hotellfaciliteter. Det ligger nära. Patricia får bättre chans att klara sig undan överraskningar där. Hon checkar in. Hon har två dygn innan returen till sydeuropa.

19

De båda juristerna sammanträder, förbereder sina mål i ett av flygplatshotellets konferensrum. Patricia ansluter för att bidra med viss information. Ett litet mål blir separat. Gigantisk organisation med narkotikahandel behöver andra motmedel än enskilda brottmål. Även om de små insatserna också gör nytta.

- Er klient, torpeden, kan enbart lastas för de handlingar ni försvarar. Så småningom kan ni få kontakt med Muraren.

- Och, vad ska det ge?

- Bäste Mårten, vi har resonerat förut om inkännandet. Det minns du nog.

- Där hör du. Var inte så kaxig Mr J.

- Ni måste hålla isär de båda. Det blir allt för invecklat annars. Flisans tillfrisknande är skört, men kommer att fungera tack vare tilliten. Det är svaret på Annas försiktiga strategi.

Efter mötet där på flygplatsen ajournerar de, Anna och Mårten, omgrupperar sig till kontoret. Advokatfirmans lokaler ligger inte alls långt ifrån den miljö där en viss Elisabet, Flisan, växte upp. De ger sig ut på en extra utflykt, via häktet.

- Det verkar finnas så många som söker upp barn för något annat än omsorg. Jag undrar varför!

- De kanske själva har råkat illa ut, får svårt att hantera allt det jobbiga. Barn är tacksamma att alliera sig med.

- Det misslyckades ordentligt med Flisan. Någonstans bör det upphöra. Så roligt kan det inte vara. Det måste kännas fel för de som förgriper sig, utsätter oskyldigt anande barn.

- Tilt i skallen. De kanske inte begriper vad de känner.

- Eller så gör de sig av med sina plågor, genom andra.

- Kom med något djupare. Gör en bättre analys.

- Din ironi är allt annat än underhållande, Mårten.

Att få med sig en häktad på permission kan visst fungera med bevakning. John är ledig. Kvinnorna som skyddar Elisabet är klädda i privata jackor. Civila intryck lugnar ner situationen. Det kan väl förväntas att de använder kriminalvårdens diskreta arbetskläder inunder. Flisan är glad att återse Anna, nu när hon vågar känna. Anna har ansträngt sig för att förstå, och lyckades uppnå trovärdigheten, skapade tillit. Det är oklart om det skett på kvinnors vis, eller intuitivt. Samförståndet ökar dem emellan vid parken.

- Hej Elisabet. Har du sovit något?

- Jo, lite.

- Bra. Vi ska besöka den fina parken där du växte upp. Vill du det?

- Kanske...

- Vi har hjälp med oss.

- Mhmm...

20

Parken ligger nära ett litet centrum, liksom förut. Några fler hyreshus har byggts nära dammen. Flisan, numer Elisabet, känner igen miljön. Hon ser alla nymodigheterna, allt som inte fanns när hon var barn. Det går några minuter.

- Åh. Jag minns. Här....och här....och där.... Så var det. Jag minns alla lekarna, och kaninerna. De sprang här.

Nu är dammen omgärdad av fler träd, planterade bokar, ask, alm med en och annan lind. Hon ser bron, den konstgjorda halvön med brygga, bro och fågelhus. Änderna simmar, trängs med speedbåtar styrda av fäder med sina söner. Mammorna har fixat matsäck, ordnar trivsel. Några döttrar har samma intresse, bland dessa båtälskare. De hängivet pokulerande bänknötarna tittar på det hela. De vaknar upp under förmiddagen, känner in dagen, konstaterar att det är många timmar på en dag. Senare, när ICA närlivs öppnar, tar de initiativ. Den ene handlar diverse förnödenheter emedan den andre håller undan alla fräcka yngel d v s de bylsiga oborstade fågelungar som spatserar där, runtom dammen. Bänknötarna förgyller sin tillvaro genom kollen på de tävlingar familjerna i speedbåtklubben arrangerar. Ingen i deras sällskap tänker annat än att det handlar om båtintressen. Äldre par spatserar. De två vittnena till knivdådet vid snabbköpet har precis flyttat in i ett av de hyreshus som ramar in parken. Dessa små ingredienser gör att Elisabet, Flisan, kan inse att det finns ett liv trots allt. Hon får leva, utan att behöva fastna i träsket av droger, barmiljö och dekadens. Hon sträcker ut sina nya vingar. De två tunna armarna blir hennes vingepar när hon springer på grönytorna som kommunen behåller öppet frodiga genom aktivt arbete. De två parkbänksboende har sina välfyllda bruna påsar, som alla små fågelfjun försöker snatta. Flisan myser! Att se sin klient återerövra livet stimulerar Anna. Hon förundras över de utsträckta armarna.

    - Tänka sig, att få se dig sväva, Elisabet Det är en total befrielse!

    - Anna, det är så mycket roligt som kommer tillbaka. Jag minns. Pillomatikern KP är bra!

    - Jag känner Karl-Petter. Det förstår du nog. Du har väl allt gott att återuppleva.?!

    - Mhmm...

Under återresan tar de med sig ett minne. Lärkkvisten i rockslaget ger Elisabet en känsla av att få vara orörd igen. Hon är orörd som innan. Det lilla barnet kan andas. Hon blir synlig. Varje steg hon tar blir till en vid svepande halvcirkel. Elisabet sträcker ut sin hand, griper efter Annas hand. De löser knutar, tillsammans. Medföljarna dröjer något steg bakom.

21

Uppvaknandet sköttes så smärtfritt de kunde ordna. Hur Anna lyckades förmå Flisan att upptäcka är ännu oskrivet. Klar över förtroendet till den man som heter Karl-Petter, deras gode psykiatriske konsult, fortsätter Anna med Mårten. Han kliar sig i huvudet, nästan förstummad hör han hennes redogörelse inför deras alltid intresserade mentor. Olle håller sig tyst ett tag. Han sitter bekvämt tillbakalutad i sin länsfåtölj, kliar Watson bakom örat den här gången. Han ser mer belåten ut än vanligt, Watson som känner. De undrar, Anna och Mårten vad denne krabat får för intryck när han iakttar. Olle tar till orda. Mårten svarar, av trogen vana. Han tänker sig att vara ledande, även när Anna gör att de kommer framåt i sitt arbete med de två omhändertagna.

- Ni har fått allt ni behöver för en sund förhandling, med förståelse för att allt inte är avsiktligt.

- Hämningar och aggressivitet verkar följas åt en hel del.

- Onekligen. Vi arbetar ständigt för att förstå det bättre. Bakgrunderna blir avgörande. Personlighetsanalyser säger inget om kvaliteten på arbetet, men kan användas i analyserna av alla konflikter. Efter Jung och Freud eller andra djupa empater.

- Empater? Det låter som en maträtt.

- Du tänker kanske på Empanadas? Emotionellt gehör kan vi kalla det för. En slags musikalisk känslighet som de har, de här empaterna. Harmonier förstår de utan att behöva tänka.

- Emotionellt gehör? Så krångligt begrepp.

- De flesta påstår sig begripa det, men visar genom sina ord om ämnet att de söker kunskap. De har inte riktigt förstått vad det är.

- Vilket betyder vad? Och... Hur ska det hjälpa oss?

- Det blir alltför vanligt att många tror sig veta mer om känslor. En känsla kan aldrig vara fel. Det svåra blir att tolka

alla känslorna. Vissa har en otrolig förmåga att känna in andra.

Psykopaterna utnyttjar läget, vrider om och manipulerar. Så gör

en och annan emotionellt instabil, undermedvetet, för att finna

något att förhålla sig till. Handlingarna kan inte göras ogjorda,

men konsekvenser i straff måste följa någon rimlig bedömning

av orsaker och förlopp. Det blir en helhet. Anna har förstått.

- Jaha... Så sant som det är sagt, eller?

- Såklart!

- Öh... Jaha.

Anna myser. Hon inser att Mårten blivit svarslös, vilket är en totalupplevelse i deras gemensamma "case". Hon har fått sitt erkännande genom Mårtens tysta bekännelse. Olle hör, ler.

- Såja, Mårten. Det går över. Du är redan bra, vet du.

- Öh, som om det där behövdes sägas.

- Du är gulligt röd, Mr J. Kom nu. Vi arbetar för målet.

22

I några korta ögonblick betraktar Cecilia flyget. Hon ser hur Patricia vinkar med sin turkosa scarf genom fönstret i första klass/business class. Iza reser luftigt, med god marginal. Cecilia vänder sig om, går tillbaka ut genom den roterande entrén. Det hugger bara litet i bröstkorgen nu. Linnéa väntar som avtalat i det inbjudande stenugnsbageriet vid Landvetter centrum. Där får de sitta själva. Mitt i vimlet av bilar, bland affärsfolken och barnfamiljerna, bland fler brödsugna pustar de ut.

- Vad vill du göra nu?

- Sova! Jag vill sova!

- Och drömma om framtiden.

- Pappa och jag kommer att etablera tradition, söndagar. Linnéa, du kommer att vara med oss när du känner för det. Vi har så mycket, så många intryck att smälta.

De får ett antal minuter att fundera mellan tuggorna. Då ser de en murare svänga upp, kliva in i butiken, stirra omkring sig. Han är uppenbart påtänd, ser skrämd ut. Han ser de två nu överraskade vännerna. Cecilia känner oro. Linnéa finner sig.

- Big boss har koll. "Dat is gelul"!

- Excuse us. Do we know eachother? Känner vi varann? Kan vi hjälpa dig?

- "Dit is een shijtpleek"!

Med sin ohämmat avklädda flamländska aviserar han sin vrede. Muraren gestikulerar, stöter till bordet varpå tekopparna välter. De var redan tömda, i stort sett. Skvätten på bordsduken formerade inspirerande mosaik för en konstnär.

- Kom Cecilia vi går.

- Nej vänta. Det betyder något, det han inte säger...

Ute i det fria rör de sig mot bussarna, efter att ha köpt med sig ett smakrikt dagsfärskt stenugnsbröd.

- Han är helt påtänd, säkert oberäknelig.

- Drogerna twistar om. Han har eget bagage, svårt att se något annat. Pappa vet kanske mer.

Det kan förmodas att muraren är en nerdrogad förvirrad tjacklangare. I själva verket hade han mycket bra koll på de två, som väcker visst intresse. Löjtnantens visiter hade observerats. Han skulle ta fram mer information om alla relationer i övrigt. Vilken nivå de angriper dem på avgörs senare av hotbilden mot deras egen extraordinära verkstad.

- Han var hem till pappa, med schackpjäser.

- So what?! Han vill bara se livet, Iza har berättat lagom mycket, sådant som står i tidningarna. Sådant som vi ser varje dag och fattar att det finns överallt. Vi känner, Cicci. Kram!

23

Några ord från KPJ följer, till de båda juristerna, om hur våra försvar programmerar om allt vi bär på. Anna och Mårten har erfarenhet av att lyssna formellt. Informellt undermedvetna resurser har Anna tillgång till, mer än Mårten. De tolkar olika.

- Allt som berör våra inre tar sig friheter. Somliga bygger bo i sin rädsla, pysslar om sin ångest med rädslorna. De spinner en väv av omöjligheter och hopplöshet för att riktigt stänga in dess smärtor. Smärtorna dämpar de med droger, beteenden och på vissa håll blir det kult eller sekterism.

- Det är otäckt! Var går gränsen för att kalla det sjukt?

- Det kan bara bli fasader eller identiteter som andra vill se det. De som ser på utgår från sina inre demoner, sina spöken. Patologiskt, sjukt blir det när människan fastnar i skalet. Vi bär funderingar om livet, som en följd av det. Frågan är vad vi gör.

- *Det där låter "mumbo-jumbo".*

- *Visst Mårten. Det är vad det är.*

- *Men, kan terapier lösa problemen, rädslan t ex?*

- *Javisst Anna. Allting är individberoende. Det handlar om när det sker, vad vi gör och framför allt hur samarbetsvillig personen är. Terapeutens inställning och förhållningssätt har mycket stor betydelse för lyckade resultat.*

- *Approach!*

- *Trygg mer än säker, Mårten. Är du trygg?*

- *Nu låter du som Olle, försöker härma.*

- *Det kan hända. Vi söker vår egen sanning, var och en. Många slipper helst fundera på allt det där försvårande. Några undviker det, Någon söker det. Det är skillnad.*

- *Tack Karl Petter. Tror du vi klarar målet nu?*

- *Det blir så bra det kan bli.*

- *Vi jobbar på det, för livet.*

Om sanningen vet vi inget,

bara vad vi kallar sanning

när någon ropar efter svar